Die Abenteuer des braven Bürgers Drente

Roman

von

Martin Selber

dr. ziethen verlag
oschersleben

Die Nacht von Wurzen

Schriftsteller und Schauspieler zählen dann und wann zur Zunft der Fahrenden. Die Schreiber, chronisch neugierige Leute, durchstreifen das Land auf der Suche nach lohnenden Begebenheiten und Erlebnissen, und haben sie welche gefunden und verarbeitet, so ziehen sie abermals hinaus, um das Niedergeschriebene in die Ohren der Hörer, die Hörer aber dann in die Buchhandlungen zu bringen; denn Kunst geht nach Geld, und Literatur gehört ja irgendwie auch zur künstlerischen Seite des Lebens.

Die Schauspieler aber, sofern sie nicht hochberühmt auf bedeutenden Bühnen und in Fernsehstudios festgehalten werden, gehen draußen im Land tingeln oder werden in Klubs und Heimen als Rezitatoren und Kleinunterhalter gebraucht. Fahrende also die einen wie die anderen – dann und wann treffen sie sich unterwegs, begrüßen einander wie Blutsbrüder, und es findet sich bestimmt auch irgendwo eine Flasche süffigen Inhalts als Hilfe, die Stunden zu verkürzen und die Zungen zu lockern.

Begeben wir uns zurück in die Zeit und in das Land eines gewissen Walter Ulbricht und zwar in eine Stadt dortselbst, deren Bahnhof auf gewichtigen Schildern den Namen „Wurzen" mehrfach anpreist, was auch immer wieder Reisende dazu bewegt, hier den Zug zu verlassen. Eines Abends steht auf dem Bahnsteig dort also ein Schriftsteller – nennen wir ihn kurz Martin Selber. Er hat eine Einladung der hiesigen Stadt- und Kreisbibliothek in der Tasche, seine mehr oder weniger unsterblichen Werke bei ihr zu Gehör zu bringen. Er wird dort auch schon erwartet, ja, man äußert Freude, ihn bei sich zu sehen, und empfiehlt ihm das Hotel am Platz gleich schräg gegenüber, wo er nächtigen wird und wo er bis zu seinem Auftritt das bescheidene Gepäck lassen kann.

Besagtes Hotel trägt unten am Restaurant das zu dieser Zeit so populäre Schild: „Bitte warten, Sie werden plaziert!", gleich daneben aber noch gewichtiger: „Heute Ruhetag!" – Nun ja, zum Ruhen ist er hier vorgemerkt, also läßt er sich nicht abschrecken, sucht und findet den Weg an die Rezeption, und hier wird auch heute nicht geruht. Gerade ist ein Herr dabei, vor einer freundlichen Dame seinen Meldezettel auszufüllen.

Man mustert sich kurz – unbekannt! Dann hat der andere seine Formalitäten erfüllt, und unser Schriftsteller kommt jetzt an die Reihe: Personalausweis, Meldezettel, Zimmerschlüssel, dann noch der freundliche Rat, sich wegen des heutigen Gaststättenruhetages doch bitte anderswo sein Abendbrot zu suchen.

Unser Schriftsteller – nachdem er seine Traglasten im Zimmer deponiert hat, bummelt noch ein wenig durch das Städtchen, gelangt erneut zum Bahnhof, erinnert sich, daß man in solchen Einrichtungen sicher ein Etablissement findet, das sich MITROPA nennt und wo man zumindest eine Soljanka und die kerndeutsche Bockwurst für die Reisenden bereithält.

In besagter MITROPA ist nun also genügend Platz. Unser Schriftsteller, der von sich behauptet, ein geselliger Mensch zu sein, erblickt an einem Tisch einen einzelnen Herrn und fragt höflich bei ihm an, ob ihm seine Gesellschaft angenehm wäre. Der andere blickt hoch, schmunzelt und entgegnet weise: „Wir müssen ja gemeinsam abendessen, schließlich wohnen wir doch auch im selben Hotel."

Fügung des unergründlichen Schicksals: Es ist tatsächlich jener Mann, der vorhin an der Rezeption seinen Meldezettel ausfüllte.

Wenn das nichts zu bedeuten hat... Man speist also zusammen Roastbeef, Remoulade mit Röstkartoffeln, macht sich ganz nebenbei bekannt. Der andere ist ein Schauspieler – nennen wir ihn kurz Heinrich Dimpfl. Besagter Mann hatte einen Rezitationsnachmittag in einem Feierabendheim, er wird morgen wieder anderswo rezitieren, doch vor dem heutigen beschäftigungslosen Abend war ihm ein wenig bange. Grund genug, sich dem Schriftsteller zu dessen heutiger Lesung eigener Werke anzuschließen.

Gesagt, getan. Es wird also gelesen, es wird gelacht; denn unser Schriftsteller liest Heiteres, und sowas kommt immer an, wenn es erträglich gebracht wird. Unser Schauspieler ersteht von der dortigen Bewirtung rasch noch zwei Flaschen, dann strebt man hotelwärts, kühn entschlossen, sich vor der wohlverdienten Nachtruhe noch einen süffigen Tropfen zu genehmigen.

Das aber ist der Beginn jener Nacht von Wurzen, die man kaum wieder vergessen dürfte; denn jeder quatscht sich mal richtig leer, und je rascher die Stunden dahinschwinden, desto weiter öffnen sich die Ohren des Schriftstellers; denn der Schauspieler erzählt ihm eine für das Land des Walter Ulbricht geradezu unglaubliche Geschichte, ein eigenes Erleben, halb Köpenickiade, halb Josef-Schwejksche Verschlagenheit – und das Verblüffende: Die ganze Fama ist durch und durch wahr und bestätigt das zu dieser Zeit im Volksmund umgehende Wort, nicht Amerika wäre das Land der unbegrenzten Möglichkeiten, sondern vielmehr wäre dies jenes Walter-Ulbricht-Land, man müsse nur über das „Wie“ und „Wann“ Bescheid wissen. Der Schlaf wird kurz in dieser Nacht.

Als der Schriftsteller anderntags heimwärts reist, mustern ihn die Mitreisenden erstaunt, weil er immer so merkwürdig vor sich hingrinst. Sie wissen ja nicht, daß die berühmten grauen Zellen in seinem Hirn fieberhaft arbeiten. Da ballt sich nämlich eine Story zusammen, die niedergeschrieben sein will, auch wenn der Schreiber von vornherein weiß, daß es nur eine Arbeit für die Schublade sein wird; denn kein Verleger dürfte es wagen, so etwas in Walter Ulbrichts Land drucken zu lassen, es sei denn, er wäre lebensmüde.

Aber Schubladen kann man eines Tages wieder öffnen, und – wer weiß – vielleicht ist an jenem Tage alles ganz anders als bisher, und da traut sich doch jemand, und dem passiert gar nichts, weil da inzwischen niemand mehr ist, der es wagen könnte, ihm Vorschriften zu machen oder ihm gar zu schaden.

Wohlan, die Schublade ist offen! Lassen wir sie also kühn heraus, jene Geschichte, die ihren Ursprung in der Nacht von Wurzen hatte, das auch heute noch irgendwo in Sachsen auf redelustige Zecher wartet.

I.

Ein braver Bürger erhält Besuch

„Ihre Frau Tante aus Paris hat wieder geschrieben“, sagte Frau Blasewitz, als sie Herrn Drente die Post ins Zimmer brachte. „Haach Paris, nach Paris müßte man einmal fahren können, das war schon immer mein Wunsch.“

„Na, da fahren Sie doch“, antwortete Herr Drente und nahm den linken Fuß aus der Waschschüssel, die vor ihm am Boden stand. Er umhüllte ihn weich und trocknete ihn so sorgfältig ab wie an jedem Morgen. Der rechte wartete indes geduldig, daß auch er an die Reihe kommen würde.

„Na, Sie machen mir Spaß“, sagte Frau Blasewitz und stemmte lachend die Arme in die Hüfte. „Haben Sie schon mal gehört, daß jemand aus unserer Deutschen Demokratischen DDR einfach so nach Paris gefahren wäre?“

„Gehört nicht“, erwiderte Herr Drente und nahm nun auch seinen zweiten Fuß aus der Schüssel. „Aber vielleicht ist auch noch keiner von uns auf die Idee gekommen, das mal auszuprobieren, meine ich.“

Frau Blasewitz schüttelte den Kopf ob so vielen Unverstands. „Ich bitte Sie! – Man kann vielleicht nach Ungarn reisen oder ins ferne Sibirien, was weiß ich. Aber Paris? Wo leben Sie denn, Herr Drente?"

„Na, hier bei uns."

„Eben!" Lachend ging sie in die Küche, um ihrem Untermieter den Kaffee aufzubrühen. Herr Drente war sonst ein umgänglicher Mensch, zahlte auch seine Miete pünktlich und brachte ihr dann und wann sogar mal eine Freikarte mit, wenn er Premiere hatte. Aber was er manchmal so für Gedanken äußerte, war doch wohl mehr seiner schauspielerischen Phantasie zuzuschreiben als dem normalen Menschenverstand.

Bei Frau Blasewitz hatten schon immer Theaterleute gewohnt. Sie waren unterhaltsam und zumeist auch dankbar, daß ihnen das Zimmer gemacht und die Wäsche gewaschen wurde. Manche brachten nach der Vorstellung Damen mit, das heißt, in dem guten halben Jahr, seit Herr Drente hier wohnte, war das noch nicht vorgekommen. Frau Blasewitz drückte beide Augen zu. „Schauspieler sind wie große Kinder", sagte sie oft zu ihrer Nachbarin, „voller Phantasie und immer zum Spielen aufgelegt."

Die schüttelte dann jedesmal den Kopf; denn für Fräulein Wildenbach war das Theater eine höhere Welt, und die Wesen, die sich darin bewegten, erschienen ihr irgendwie überirdisch. Herrn Drente begegnete sie mit Ehrfurcht, obgleich dieser beim hiesigen Stadttheater nur mit zweitrangigen Rollen bedacht wurde, dem Schlucker im Sommernachtstraum oder dem Apotheker Fleurant in Molières eingebildetem Kranken.

Sie konnte nicht wissen, daß sich der freundliche Herr Drente nicht besonders gut mit dem Intendanten stand. Sie waren zu gegensätzliche Naturen, als daß sich Gemeinsamkeiten ergeben hätten. Nun, Herr Drente nahm das gelassen hin, er wertete seine Geltung an so manchem Nachmittag oder an spielfreien Abenden auf, indem er in Altenklubs oder zu festlichen Gelegenheiten Klassiker rezitierte und hier und da in Kulturbundgruppen Lichtbildervorträge hielt, die als kurzweilig und humorvoll bekannt und deshalb zumeist auch gut besucht waren.

Frau Blasewitz brachte ihm das Frühstück. Er war schon sauber rasiert und gekämmt und trug die „Spießerhülle", wie er sein bequemes Hausjackett zu bezeichnen pflegte. Die Frau wußte: Nun würde das gewohnte Morgenzeremoniell beginnen: Zwei Tassen Kaffee, zwei Brötchen, je eins zur Hälfte mit Wurst und Käse, das andere mit Honig, danach die Zeitung, dann aber zog er sich um und ging zur Probe. Gewohnheiten stumpfen ab. Herr Drente wußte das, er litt auch ein wenig darunter, daß er privat immer mehr und mehr in die selbstgefällige Rolle des hausbackenen Pedanten hineinwuchs, doch wie hätte er dem entgehen können?

An jenem Morgen, der also mit Tante Jeannettes Brief aus Paris begonnen hatte, wurde das gewohnte Einerlei aber plötzlich unterbrochen. Es klingelte an der Wohnungstür, und als Frau Blasewitz öffnete, stand da ein Mann im Lodenmantel, der nach Herrn Drente fragte.

„Ich will mich erkundigen, ob er noch Zeit für Sie hat", sagte die Frau, „er muß gleich ins Theater zur Probe."

„Ich weiß", entgegnete der Mann, und er wirkte dabei so sicher, daß Frau Blasewitz keine Bedenken mehr hatte, ihn einzulassen.

Herr Drente las gerade die Zeitung, war ein wenig ungehalten, daß er keine Theaterbesprechung fand, auf einmal stand dieser Mensch da in der Tür, grüßte, nannte seinen Namen, den Drente gar nicht aufnahm, zeigte auch sekundenlang irgendeinen Ausweis, der von sonstwo sein konnte und fragte: „Sie gestatten?"

„Bitte, ich muß aber gleich weg zur Probe."

„Ich weiß." Dann eine Geschichte mit langem Anlauf. Man hätte ihn sozusagen seit längerer Zeit beobachtet, seine Aufgaben wären klein, aber immer vorzüglich gemeistert worden. Herr Drente käme in seinem Beruf mit vielen Menschen zusammen, er wäre sozusagen weltoffen, gewandt im Umgang, bekäme Einsichten, würde vieles hören und sehen und, und, und. Drente wußte auf einmal, worum es hier ging: Der Kerl ist von der Sicherheit, durchzuckte es ihn. Er unterbrach also den Redner und sagte: „Zeigen Sie mir doch bitte nochmal Ihren Ausweis!" Richtig. Firma Guck, Horch & Greif, die GHG, wie man unter guten Bekannten schmunzelnd sagte. Auf einmal war er hellwach. Was wollen die von mir, verdammt nochmal?

Der Mann redete unverwandt weiter, doch seine Worte hatten auf einmal mehr Gewicht. Er sprach von staatsbürgerlichen Pflichten, vom Klassenfeind, der nichts unversucht läßt, unserem Staat zu schaden, der sich überall einschleicht und seine Fäden zieht. Nach langen erläuternden Vorreden endlich das Angebot, man könnte höheren Orts dafür sorgen, daß der Schauspieler Helmut Drente seinen Fähigkeiten entsprechend größere Aufgaben bekäme, wenn er seinerseits ein gewisses Entgegenkommen bewiese, das heißt also, von Zeit zu Zeit ganz unverbindliche Berichte über das Theater, die Gespräche in der Kantine, in den Garderoben oder zu anderen Gelegenheiten...

„Nein", sagte Herr Drente.

„Wie bitte?" Der Besucher schien über die brüske Ablehnung ehrlich überrascht zu sein. Ein solches Angebot gegen ein paar kleine Notizen, und dann nichts weiter als ein kaltes „Nein"?

„Ich eigne mich nicht dazu, meine Kollegen zu bespitzeln."

Der Mann zuckte ein wenig. „Dieses Wort sollten Sie im Zusammenhang mit uns besser nicht benutzen", mahnte er. „Wir sind für den ungestörten Aufbau in unserem Lande verantwortlich, sind zur Sicherheit aller Bürger da, auch für Ihre, Herr Drente. Und deshalb gehört es zur Pflicht jedes Staatsbürgers, unsere Arbeit weitgehend zu unterstützen."

„Ich verlange ja auch nicht, daß Sie mir einen Teil meiner Arbeit abnehmen, Herr, also tun Sie die Ihre so wie ich die meine."

Der Gast war nicht abzuschütteln. Geflissentlich übersah er, daß Drente betont nervös zur Uhr schaute, nein, er zog alle Register seiner wohlinstruierten Beredsamkeit, mischte geschickt die Vorteile des Angebots mit sanfter, aber bestimmter Drohung, appellierte an Klassenbewußtsein und solidarisches Verhalten, und Drente begriff, daß jetzt all seine schauspielerische Kunst gefordert war, um den ungebetenen Gast gefahrlos zu entfernen. Er tat also immer zerknirschter, nickte öfter und öfter, verlor Haltung und äußere Gelassenheit, zeigte Schreckreaktionen und hob endlich mit verschüchterter Miene den Zeigefinger wie ein Schüler, dem in letzter Minute noch ein rettender Einfall gekommen ist.

„Ja? – Bitte?" fragte der Mann.

„Ich muß Ihnen ein Geständnis machen", sagte Herr Drente und schaute so demütig drein, daß er fast fürchtete, der andere könnte ihn seiner Rolle durchschauen.

„Ja, bitte, reden Sie doch, reden Sie!"

„Ich weiß nicht – wie – ich – beginnen soll", stotterte Drente, „aber ich bin für so etwas überhaupt nicht geeignet. Ich trage das Herz auf der Zunge, das weiß man, und wenn ich getrunken habe – ehrlich gesagt, Herr – ich trinke gern mal einen, und dann rede ich über alles. Schlimm, ich weiß. Stellen Sie sich vor, spätestens bei der nächsten Premierenfeier erfahren die Kollegen, daß ich für Sie schreibe, Berichte über das Haus, verstehen Sie? Herr, Sie können sich denken, wie das wirken würde. Ich versichere Ihnen, ich kann nichts dafür, das ist eben so bei mir, das weiß man. Vielleicht hat es auch deshalb keine Frau bei mir länger als drei Wochen ausgehalten. Drei Schnäpse, und schon weiß die Umgebung, wie sie im Bett war. Glauben Sie mir, ich habe schon manchmal daran gedacht, mich aufzuhängen. Ist das nicht furchtbar? Wenn ich verpflichtet wäre, über irgendetwas zu schweigen, ich würde im Gefängnis landen so wie mein Großvater. Der hatte auch über irgendwelche Staatsgeheimnisse gequatscht und war doch sonst ein seelensguter Mensch. Bitte, reden Sie nicht darüber! Sie kommen doch mit vielen Leuten zusammen, es würde mir schaden. Sie werden meinen Kummer verstehen, Herr, ich leide so schon gewaltig darunter; aber bei Alkohol bin ich machtlos, und dann... Darf ich Ihnen einen Kognak anbieten?"

Der Mann winkte mit beiden Händen ab. „Ja dann", sagte er und stand sichtlich enttäuscht auf. Er wollte sicher noch sagen, daß er voraussetzen würde, daß selbstverständlich über dieses Gespräch Stillschweigen zu wahren sei, doch er war sich auch darüber klar, daß selbst diese Grundforderung in einem solchen Fall wie dem des Herrn Drente völlig fehl am Platze wäre. „Ja dann", wiederholte er nochmals, „dann nichts für ungut, bitte!" Er nickte Drente zu, drehte sich um und ging hinaus. Es war offensichtlich, daß ein solcher Fall in seinen bisherigen Instruktionen nicht verzeichnet stand.

Die Flurtür fiel ins Schloß. Herr Drente stand langsam auf und lächelte sein schönstes Bühnenlächeln. Für einen Schauspieler wieder eine kleine, aber vorzüglich gemeisterte Aufgabe, registrierte er. Dann aber fiel ihm ein, daß es wohl nicht ganz unbedenklich war, auf der Wunschliste der Firma GHG zu stehen. Wieso bildete man sich überhaupt ein, er könnte ihr sauberes Spiel mittreiben? Glaubten, er würde sich für ihre Spitzeldienste – jawohl, Spitzeldienste – eignen. Beim nächsten Mal würden sie bestimmt stärkeres Geschütz auffahren.

Er setzte sich wieder. War das bisher vielleicht „höheren Orts" lanciert worden, ihm ständig mittelmäßige Rollen anzubieten, um dann mit lockenden Angeboten seine verständliche Lust anzustacheln? Dann mußte der Intendant mit darunterstecken, oder die Leitung des Schauspiels. Natürlich hatte Firma GHG überall die Hände drin, daran gab es doch keinen Zweifel. Und jetzt? Heiteren Sinnes in die Probe marschieren, als wäre dies ein Tag wie jeder andere? Guten Morgen, Kollegen, na, dann wollen wir mal! Tag, Heinrich, Tag, Willy. Na? Waren sie bei euch auch schon und habt ihr unterschrieben? Dann dürften ja bald die Glanzrollen auf euch zukommen, und das Würstchen Helmut Drente wird weiterhin auf der Bühne Botschaften überbringen, die Ankunft des Regenten verkünden und als dritter Ritter seine kleinen Aufgaben vorzüglich meistern.

Frau Blasewitz klopfte an die Tür: „Herr Drente, Sie kommen zu spät ins Theater!"

„Ach, ja, ja, ja!" Er schaute sich verwirrt um, griff wahllos dies und das auf und legte es wieder weg. Zu spät? Na und? Heute habe ich doch eine Bombenausrede; überlegte er. Bitte: Entschuldigen Sie, Herr Regisseur, aber ich hatte noch mit der Staatssicherheit zu tun. Könnte man doch sagen, oder? Nach diesem Auftritt eben habe ich ja jetzt so etwas wie Narrenfreiheit – oder etwa nicht? Steckt man mich vielleicht in die Klapsmühle, wenn ich jetzt quatsche? Daß sich doch überall bei uns dieses verdammte Mißtrauen einschleicht.

Endlich hatte er seine Sachen beisammen, stürmte an Frau Blasewitz vorbei und grußlos hinaus. Kopfschüttelnd sah sie ihm nach. Diese Schauspieler! Immer schon mitten in ihrer Rolle und im Alltag oft wie blind. Sie ging in seine Stube, schaute, ob nicht irgendein Zettel auf dem Tisch verriet, wer der frühe Besucher gewesen war und was er hier gewollt hatte. Aber da lag nichts weiter als der übliche Kleinkram, den sie ihrem Untermieter jeden Morgen geduldig wegräumte, und jedesmal so, daß er das Zeug auch bestimmt wiederfand. Nichts haßte er mehr als umständliches Suchen.

Herr Drente eilte durch die Straßen. Das Theater lag nicht allzu weit von seinem Quartier entfernt, und er betrachtete den mehrmaligen Marsch jeden Tag als seinen Ausgleichssport, der ihm den notwendigen Schwung gab, vormittags zu den Proben und abends nach dem nachmittäglichen Rollenstudium zur Vorstellung. Heute war das aber mehr ein Rennen als ein Marschieren. Am Bühneneingang stieß er fast mit einem Sänger zusammen.

„Behalte die Ruhe, Freund", säuselte der, „du kommst noch früh genug zu spät."

Keine Zeit mehr zu einer entsprechenden Antwort. Tänzerinnen drängten vorbei, eine flinke Truppe kleiner, freundlicher Mädchen, die aber fast alle schon verheiratet waren und nach dem Dienst von ihren sportlichen, kinderwagenschiebenden Gatten abgeholt wurden.

Herr Drente stürmte in den Probenraum. Zum Glück hatte Regisseur Bussenius noch nicht angefangen, er konnte Störungen bei der Arbeit nicht vertragen. Noch ein paar tiefe Atemzüge nach dem Dauerlauf draußen, so, nun macht mit mir, was ihr wollt.

II.

Theateralltag

Sie probierten den ersten Aufzug des „Nathan“. Helmut Drente war mit der Rolle des Derwisch bedacht worden, die üblichen dreißig Dialogsätze, in denen er seine kleine Aufgabe vorzüglich meistern konnte. Wenn es wenigstens der Klosterbruder gewesen wäre – aber der Derwisch? Nach dem ersten Akt konnte er sich abschminken und heimwärts zuckeln, die Hände in den Manteltaschen, oder sich im Kasino eine Flasche „Mädchentraube“ genehmigen.

Regisseur Bussenius war unzufrieden, er redete über die Schwierigkeiten mit der Ausstrahlung seiner Schauspieler. Sultan Saladin, viel zu unterkühlt in seiner Potenz. Bezirke des menschlichen Lebens, die sich dem Darsteller nur schwer erschließen, werden zu komödiantisch genommen. Das birgt Gefahr. Bussenius liebte solche Reden, er wollte sich mit aller Konsequenz durchsetzen und schien zu überhören, wenn die Schauspieler sagten: Wir sind keine Affen, die alles nachmachen,

Drente kämpfte gegen die eigenen Gedanken. Der Besuch heute früh war wirklich zur Unzeit gekommen, das lief ihm jetzt nach bis in die Probe hinein.

„So lieblich klang des Voglers Pfeife, bis der Gimpel in dem Netze war. – Ich Geck! Ich eines Gecken Geck!“

„Gemach, mein Derwisch“, erwiderte Nathan, alias Herbert Bromeier. Er hatte die Titelrolle erhalten – etwa auch durch gewisse kleine Gefälligkeiten als Gegengabe?

„Herr Drente, Ihr Stichwort“, mahnte der Regisseur.

„Verzeihung!“

„Nathan, noch einmal, bitte...“

Drente rief sich zur Ordnung. „Ei was! – Es war nicht Geckerei, bei Hunderttausenden die Menschen drücken, ausmergeln, plündern, martern, würgen, und ein Menschenfreund an einzeln' scheinen wollen?...“

Wie weit weg war das von den Erfahrungen des Alltags. Helmut Drente sehnte sich der Pause entgegen, schlenderte dann ins Kasino und ließ sich eine Fleischbrühe geben. Am Nebentisch ging es heiß her. Die Opernleute waren sich anscheinend über Besetzungsfragen in die Haare geraten. „Sie ist und bleibt die Diva!“, hörte er. „Na ja, sie wird gebraucht, aber wenn so eine ihren

Kreis um sich schart, darf der nicht zur Macht kommen, sonst tyrannisiert der das ganze Theater."

„Kollegen, die lange keine wirkliche Aufgabe hatten, müssen auch mal zu Wort kommen."

„Ein unbeschäftigter Sänger leidet unter seiner scheinbaren Bedeutungslosigkeit."

„Der Intendant hat gesagt, er wäre kein Chef eines Irrenhauses, das sagt ja wohl genug."

Ach ja, dachte Drente und schlürfte schlückchenweise an seiner Brühe, man müßte dem ganzen eingefuchsten Stadttheaterbetrieb den Rücken kehren und irgendwo draußen in der Provinz in einem kleinen Ensemble die Kreisstädte bespielen. Wandertruppe, das klingt nach gestohlener Wäsche – aber es hat was für sich, so hautnah am einfachen Publikum, und es schadet auch nichts, wenn man beim Umbau mal rasch mit zugreifen muß. Aber ich eigne mich nicht zum Flüchtling, eher zum kleinen, verschlagenen Schlaumeier, das habe ich heute früh wieder bewiesen. Aber das nützt mir auch nichts, wenn ich hier bloß immer an so unbedeutenden Rollen klebe – doch vielleicht bin ich wirklich nur ein Schauspieler von halbem Format.

Ilse Wüstner setzte sich zu ihm, sie war im „Nathan" mit der Rolle der Daja bedacht worden, ein ganzes Stück anspruchsvoller als der Derwisch.

„Was ist los mir dir?" fragte sie gradeheraus.

„Was soll denn los sein?"

„Hör mal, das merkt doch ein Blinder mit dem Krückstock, daß du heute nicht bei der Sache bist. Ärger gehabt?"

„Wie man's nimmt."

„Schluck 's runter, oder quatsch dich mal aus. Wir haben alle mal so unsre Heulstunden."

„Ich brauche endlich mal wieder ne richtige Aufgabe. Das letzte halbe Jahr war doch für mich kalter Kaffee."

„Ich sollte nicht drüber reden", sagte sie; „aber es heißt, du bist in Hochhuts 'Stellvertreter' für die Rolle des Gerstein vorgesehen. Eine anspruchsvolle Figur, da läßt sich was draus machen."

Der SS-Obergruppenführer Gerstein? Donnerwetter, durchzuckte es ihn. Den werde ich spielen, daß euch die Luft wegbleibt, verlaßt euch darauf.

„Wo hast du das gehört?" fragte er betont gleichmütig.

„Oben im Büro. Der Chef sprach wieder einen seiner markanten Sätze: 'Das Leitungsgremium ringt mit harten Widersprüchen um die beste Besetzung', oder so ähnlich. Du kennst das ja."

Sie mußten beide lachen.

„Mit sowas kann man dem Chef imponieren", fuhr sie fort. „Na, laß nur, er ist nicht der Schlechteste. Ich habe bei ihm schon Rollen gekriegt, weil er sich überzeugen ließ, daß ich darin für mich eine besondere Aufgabe sehe." „Hast du es schön", sagte er. „Wenn ich bei ihm vorspreche, heißt es immer: Einfügen ins Ensemble, jeder muß auf den anderen eingehen, Vertrauen der Kollegen in die Leitung, pipapo. Vielleicht muß man eine Frau sein, um bei ihm trotzdem etwas zu erreichen."

„Ich sollte im Weihnachtsmärchen eine Großmutter spielen, ich eine Großmutter, überlege dir das! Na, ich hab ihn dann doch noch rumgekriegt, und die Alte ging an Helga Tromsdorf, die macht sowas gern."

„Chacun à son gout!"

Eine Stunde später dann die große Enttäuschung. Am Brett hing der Besetzungsplan für den „Stellvertreter". Helmut Drente sah es auf den ersten Blick: Den Gerstein würde Alexander Bohnheim spielen, für ihn selbst war glücklich der alte Luccani übriggeblieben. Er verspürte auf einmal keinen Appetit auf das Kasinoessen mehr, ging wortlos weg, hinaus auf die Straße, bummelte sich an den Schaufenstern entlang, erstand an einer Imbißbude eine Bockwurst und speiste im Weitergehen.

Das haben sie fein hingekriegt, überlegte er grimmig. Erst der alte Gerstein und jetzt der alte Luccani. Da ist doch wohl inzwischen höheren Orts ein diskreter Hinweis ausgebrütet worden, daß sich der Herr Drente doch nicht so wie vorgesehen eignet und daß man die größeren Aufgaben doch wohl besser... „Es ist zum Kotzen!" sagte er laut und sah sich erschrocken um, ob das jemand gehört haben könnte, doch die Leute hatten alle mit sich zu tun. Was kümmerte es die Welt, welche Rolle der brave Herr Drente zu spielen bekam. – Wenn ich mich nun darauf eingelassen hätte, überlegte er, berichten kann man viel, man meldet belangloses Zeug oder denkt sich irgendwas aus, was keinen Kollegen gefährdet. Wozu ist man ein Komödiant? Wissen diese Burschen überhaupt, was Schauspiel bedeutet?

Eben fiel der Vorhang, der Beifall ist verrauscht, die Zuschauer drängen zu ihrer Garderobe. Ich sitze vor dem Spiegel und schminke mich ab. In mir zittert noch die Erregung der letzten Stunde. Ich glaube, ich war heute nicht so gut, wie man es hätte von mir erwarten können. Ich weiß, ich war nicht bei der Sache, private Dinge und Gedanken haben auf der Bühne nichts zu suchen, müssen draußen bleiben; denn Theater ist alles andere, nur nicht das alltägliche Dasein.

Schauspieler sind Zauberer, sie leben ihrem Publikum tausend verschiedene Leben vor, bringen die Menschen zum Weinen, zum Lachen, lassen sie nachdenken über die Welt, über sich selber. Der und jener wird vielleicht ein ganz unwichtiges Detail in seinem Alltag ändern, wird einen guten Gedanken fassen, der ihn dann ein entscheidendes Stück weiter bringt. Das alles vermag der Komödiant, ihr Herren, aber dazu müßt ihr ihn in Ruhe arbeiten lassen und ihn nicht mit eurer Schnüffelei, eurem verdammten Mißtrauen belasten. Was ist denn das für eine Arbeitermacht, wenn sie schon durch ein paar gelegentliche Äußerungen, einige kritische Worte gefährdet wird!

Darf das sein? – Ich will endlich einmal nicht fragen müssen, was sein darf. Wer schafft denn dieses Dürfen? Das sind Herrschaftsansprüche, denen ich mich nicht beuge. Aber hingehen und mit denen reden? Ich bin kein guter Debattenredner. Die besten Argumente fallen mir immer erst hinterher ein, wenn es vorbei ist und sie mir nichts mehr nützen.

Und sie verstehen ja auch keinen Spaß. Das ist doch eigentlich merkwürdig. Wie war es denn, als auf der Premierenfeier vom „Zerbrochenen Krug" Gerhard Hasse in seiner Weinlaune dieses tolle Bonmot losließ: „Der brave Sozialist mag keinen Westler leiden, doch seine Währung nimmt er gern!" – Wir haben gebrüllt vor Lachen, bis auf die Hundertfünfzigprozentigen, die zogen Gesichter, als hätte ihnen jemand Schmierseife ins Essen getan. Aber, aber, Kollegen wie kann man denn in dieser Lage... immer sehen sie irgendeine Lage. Ja ja, Kollegen, die Lage war noch nie so ernst wie immer.

Helmut Drente marschierte sich seinen Ärger von der Seele. Er gab sich beschwingt, zwang sich Freundlichkeit auf, wie er es gelernt hatte, ließ bewußt die Umgebung auf sich einwirken, die Menschen mit ihrer Geschäftigkeit, ihren alltäglichen Pflichten und Neigungen. Er wollte keinen durch eine finstere Miene erschrecken. Seine Sorgen gingen das Publikum nichts an, sie lebten im Parkett, er auf der Bühne.

Wir haben es doch besser als unsere Kollegen von ehedem, dachte er. Im antiken Theater setzten die Mimen Masken auf, je nachdem, ob sie ernste oder heitere Charaktere verkörperten. Heute setzt man schlicht sein Gesicht auf, man braucht keine Larve mehr, schon den Kindern werden jene Gesichter anerzogen, die sie dann ja nach Gelegenheit aufsetzen. Wir werden langsam ein Volk von Schauspielern.

Ob sich noch andere solche Gedanken machen wie ich? Ich neige schon immer dazu, die Dinge kritisch anzugehen, andere nehmen sie einfach hin. Das kann ich nicht. Wie war es denn, als mich vor kurzem Röttger im Auto mitnahm, und wir wurden von einem Polizisten angehalten, weil wir angeblich die Vorfahrt nicht beachtet hatten. Der Polizist sah hoheitsvoll an uns vorbei während seiner eingedrillten Predigt. Röttger war ganz Demut und durfte schließlich weiterfahren. Unseren folgenden Dialog habe ich wörtlich behalten:

„Warum zeigst du so einen Respekt vor diesem Polizisten? – Polizist ist ein Dienstleistungsberuf, kein Gott."

„Das mag schon stimmen; aber weiß das auch der Polizist?"

„Wenn nicht, muß man es ihm sagen."

„Na schön, ich hätte es ihm gesagt und wäre jetzt um dreißig Mark ärmer."

„Da hast du auch wieder recht."

Die richtige Maske zur richtigen Zeit. Kinder, ist das ein Leben! Verteidigung kann Widerspruch aber auch Anpassung sein. Welches von beiden klüger ist, stellt sich immer erst hinterher heraus. – Heute abend Kulturbund, ich lese aus dem „Braven Soldaten Schwejk", welch ein Lichtblick nach diesem verwünschten Tag.

III.

Ein braver Bürger hegt Gedanken

Herr Drente fand sein Zimmer in der gewohnten Ordentlichkeit vor. Er wertete es als Glück, eine solche Wirtin zu haben. Mitten auf dem Tisch lag der Brief von Tante Jeannette aus Paris. Er hatte nach dem Erlebnis heute früh ganz vergessen, ihn noch zu lesen. Dann also jetzt.

Briefe haben's mitunter in sich. Sie rascheln frühmorgens ganz unschuldig durch den Türschlitz, liegen da, als könnten sie kein Wässerchen trüben. Kaum aber hebt man sie auf und stöbert nach in ihrem Inhalt, schon bringen sie das ganze Haus durcheinander mit ihren Unverschämtheiten, entschleierten Geheimnissen oder auch leider nur all zu prickelnden Neuigkeiten.

Nun, von Tante Jeannette waren keine Unannehmlichkeiten zu erwarten, die üblichen Angaben zum Wohlergehen, den Kindern, den kleinen Veränderungen innerhalb der Familie. Jeannette war nach dem Krieg – damals noch als schlichte Johanna – nach Frankreich geraten, ein freundlicher französischer Offizier hatte sich in sie verguckt, sie einfach mitgenommen und nach etlichen behördlichen Schwierigkeiten endlich geheiratet. Nun wohnte sie also in Paris.

Am Schluß stand ein langer Satz, daß es doch so schade sei, daß Helmut sie nicht einmal besuchen könnte. Sie würden ihn so gern einladen, sie hätte doch den Sohn ihrer älteren Schwester gern einmal wieder gesehen, noch einmal gern und noch einmal, dann die üblichen Grüße und schließlich noch „ta chère tante", sozusagen als kleinen Gruß aus dem Franzosenland, damit er sein Schulfranzösisch nicht so ganz vergaß.

Dieser Satz wirkte wie ein Stachel. Ich werde ganz offiziell eingeladen, von der einzigen noch lebenden Schwester meiner Mutter, und ich darf die Einladung nicht annehmen. Ich darf nicht. Das tut man nicht als braver Bürger unseres Arbeiter- und Bauernstaates, daß man wie ein Krösus zum Klassenfeind ins kapitalistische Ausland reist, sich dort anbiedert. Das verbietet das Bewußtsein, der gesunde Klasseninstinkt. Also, Bürger Drente, nun schlag dir diese abwegigen Gedanken doch aus dem Kopf. Wenn du unbedingt reisen willst, so melde dich in deinem Gewerkschaftsbüro, dort wird man dich vormerken für einen Ferienscheck, und wenn du Glück hast...

Der Stachel saß schon verdammt tief. Man hat uns eine ganz merkwürdige Disziplin anerzogen, überlegte er. Wir erhalten Anordnungen, die wir zwar nicht begreifen, aber wir führen sie aus. Das haben wir alle genugsam erlebt: Jeder auf seinem Platz, jeder brav, ohne Widerspruch. – Links – um! Wer da etwa rechts um macht, wird angeschnauzt oder gerät in die Rolle des Kompanietrottels. Stillgestanden! – Wie oft habe ich mir den Mut gewünscht, in diesem Augenblick einfach davonzugehen, ganz privat, und mich um die Aufregung der besternten Schreier überhaupt nicht zu kümmern; aber wer riskiert das schon.

Das würde enorme Unannehmlichkeiten bringen. Und wenn man die auf sich nimmt? Bloß nicht! Das gefährdet das Ansehen, den Beruf, unter Umständen sogar die Freiheit, und doch ist unbedingter Gehorsam irgendwie verächtlich. Man unterdrückt das eigene gesunde Verlangen, die Dinge so anzusprechen, wie sie sind, nur weil das irgendeinem maßgeblichen Menschen übel auffallen würde. Und dabei erzählt man uns immer wieder, daß wir keine Untertanen mehr sind, sondern die regierende Klasse unseres eigenen sozialistischen Staates. Ja, wir sind es im Grunde wohl auch, die den leitenden Gremien diese Vollmachten gegeben haben, ob wir das nun wollten oder nicht.

Frau Blasewitz klopfte.

„Ja? Bitte!"

„Mahlzeit, Herr Drente. Na? Was gab's denn heute Schönes bei Ihnen im Kasino?"

„Bockwurst aus der Faust."

„Ist ja unglaublich!"

„Unterwegs, Frau Blasewitz, unterwegs. Ich hatte erst mal genug vom Theater."

Sie bekam ihren forschenden Blick. Sicher hätte sie entrüstet protestiert, wenn ihr jemand Neugier bescheinigen wollte. Sie war nicht neugierig – sie mochte nur gern alles wissen. Auch jetzt. „Hängt das etwa noch mit dem Besuch von heute früh zusammen?" er kundigte sie sich und kniff die Augen schmal.

Herr Drente bot ihr einen Stuhl an, er machte ihr vorsichtig klar, daß er sie inständig bitte, über diesen Besuch unbedingt Stillschweigen zu wahren, dann rückte er mit der Wahrheit ans Licht. Sie wurde blaß. Er legte ihr beschwichtigend die Hand auf den Arm.

„Nun machen Sie aus der Geschichte keine Katastrophe, Frau Blasewitz, diese Firma hat überall Augen und Ohren, das will also gar nichts besagen."

„Aber Sie haben abgelehnt, Herr Drente, das könnten Ihnen diese Leute sehr übelnehmen, und dann?"

„Ja, würden Sie denn so etwas machen, über Ihre Nachbarn Berichte schreiben? Frau Blasewitz!"

Sie wiegte den Kopf, meinte, sie würde einfach nur Gutes berichten, hier wohnen eben nur gute Menschen, die stehen treu zu ihrem Staat und werden sich hüten, gefährliche, krumme Sachen zu beginnen.

Drente schmunzelte. Wie einfach doch diese Frau die Welt sah. Er mache sich nichts vor, entgegnete er, wisse er doch genau, daß sich diese Leute nach allen Seiten hin absichern, also würden sie auch nicht bloß einen Informanten beschäftigen und die Angaben vergleichen. – Er stockte. Aber ja, das wurde ihm selbst auf einmal klar: Es gab auf jeden Fall unter den Kollegen noch andere, die der GHG Berichte schrieben – auch über ihn selbst. Es war beängstigend, an dieses Netz aus Mißtrauen, Argwohn und mögliche Verdächtigungen zu denken, und dabei völlig abhängig zu sein von Gegebenheiten, die sich nicht lenken, nicht abändern ließen.

Er ging zum Fenster, machte es weit auf und atmete tief durch. Ich müßte etwas tun, was mich zumindest innerlich von diesem Druck befreit, dachte er.

„Und was wollen Sie jetzt machen, Herr Drente?“ fragte Frau Blasewitz.

„Ich reise nach Paris“, sagte er in plötzlichem Einfall.

„Über die Grenze?“ rief sie. „Ich bitte Sie, nur nicht sowas, Herr Drente, das ist sehr gefährlich und kann Sie zumindest ins Gefängnis bringen.“

„Doch nicht so, wie Sie denken“, sagte er beschwichtigend. „Nein, ganz legal mit Paß und Visum. Bis zum Ende der Spielzeit bleibt mir eine genügend lange Frist, das alles in die Wege zu leiten.“

„Sie machen doch Spaß“, meinte sie und lachte.

Er nahm ihre Hände. „Natürlich mache ich Spaß“, sagte er. „Warum aber soll man sowas nicht wenigstens träumen dürfen, einfach mal hingehen: Hier ist mein Paß, drücken Sie mir bitte den Visastempel ein, jawohl, ich warte, und was kostet das wohl? Danke ergebenst, und auf baldiges Wiedersehen. Wäre das nichts?“

„Und Sie würden wirklich wiederkommen?“

„Aber sicher! Ich bin doch ein loyaler Mensch, und es geht mir doch auch sonst hier nicht schlecht. Ich liebe meine Stadt, die Leute, na, und wo fände ich denn noch einmal eine solche Wirtin wie Sie, Frau Blasewitz?“

Auf einmal hatte er seine gute Laune wieder. Noch von der Küche aus hörte ihn die Frau pfeifen. Sie sagte sich, wie gut man es doch mit Mietern vom Theater hat, halbe Kinder, mal fröhlich, mal traurig, doch zuletzt scheint dann immer wieder die Sonne.

Herrn Drentes Beschwingtheit hielt den ganzen Nachmittag über an. Er bereitete seine Lesung vor, dann ging er zur Straßenbahn und fuhr ins Eisenbahner-Klubhaus, wo man ihn heute erwartete. Er bekam dort in der Kantine ein Abendessen vorgesetzt, ein großes Glas Bier dazu, dann führte ihn der Betriebsbibliothekar in den Kulturraum, wo schon an die dreißig Zuhörer saßen.

„Ja, also, derr Schwejk“, begann er mit böhmischem Zungenschlag, „derr Putzfleck vom Herrn Obberlaitnant Lukasch, derr so gutmietig und so uunschuldig dreinschaut, daß das ganze eestereich-uungarische Militär nicht gegen ihn und seine notorische Bleedheit ankommt. Hašek hat ihn uunsterblich gemaacht, ich habe die Ehre, ihn heite Abend hier abermals bei uuns lebendig werrden zu lassen. Habtacht!“

Es gelang ihm sehr rasch, die Zuhörer gefangenzunehmen. Hier war er der Hauptdarsteller, schlüpfte mit der Gewandtheit des erfahrenen Komödianten von einer dieser köstlichen Figuren in die andere. Kein Intendant wies ihn hier auf die hinteren Plätze, kein Regisseur beschnitt ihm die Flügel seiner schauspielerischen Phantasie. Er lebte die Charaktere aus, und das machte seinem Publikum ganz offensichtlich ebensoviel Spaß wie ihm selber.

Die Zeit verflog, er schloß seine Lesung ab, verbeugte sich kurz, der lebhafte Beifall riß ihn in die Gegenwart zurück, hier ins Klubhaus, wo ihm von der Wand her Walter Ulbricht zuschmunzelte, ganz so, als hätte auch der Staatsratsvorsitzende eben den Spaß der Zuschauer geteilt.

Es gab noch etliche Fragen, dann zog ein standfester Trupp mit ihm zur Kantine, um dort den schönen Abend abschließend noch würdig zu begießen. Er fühlte sich für vieles entschädigt, dies hier war sein Publikum, das zu ihm kam, nur zu ihm, so wie überall, wo es hieß: Der Schauspieler Helmut Drente vom Stadttheater wird für uns lesen.

Abschließend mußte er noch versprechen, bald mit seinen Lichtbildern wiederzukommen, man hätte schon viel Gutes davon gehört. Er versprach alles, was sie forderten. Dann aber machte er sich auf den Weg, zu Fuß quer durch die abendliche Stadt. Ich sollte das Theater gar nicht mehr so wichtig nehmen, dachte er. Ja, das ist meine berufliche Grundlage, die mir das finanzielle Auskommen sichert, aber Erfüllung bringt es mir nicht. Wer fragt danach, was ich dort oben Nebensächliches rede, ich, eines Gecken Geck!

Als er den heimatlichen Fluß überquerte, war er ganz allein auf der Brücke. Er blieb am Geländer stehen, schaute in das tiefdunkel ziehende Wasser, auf dem die Lichtreflexe der Straßenlaternen tanzten. Man müßte noch mehr aus sich machen, überlegte er, die Vorträge ausbauen, bessere Fotos anfertigen. Sie sollten Augen machen beim Kulturbund, wenn da plötzlich... Ja doch, die Gassen des Montmartre, die Hallen, die Clochards unter den Brücken – Paris!

Ich eines Gecken Geck! Zu lustig dieser Gedanke, da konnte auch nur so ein Komödiant drauf kommen, einer, der ständig in anderen Rollen lebt. Aber will nicht alles probiert sein? Auch eine Spielszene mit ganz ungewissem Ausgang? Drauflos spielen und sehen, wie es ausgehen könnte, das Stegreifstück. Probieren sollte man es jedenfalls mal. Was sie wohl sagen würden, die biederen Volkspolizisten im Amt, wenn da plötzlich einer käme: „Guten Tag, ihr lieben Genossen, hier ist mein Paß, ich möchte nach Paris. Harrch!"

Er schaute sich um. Niemand hatte bemerkt, daß er hier, mitten auf dieser Brücke eine neue Rolle übte. Na klar, das war eine Rolle, eine echte Aufgabe in seinem eigenen Stück. „Die Abenteuer des braven Bürgers Drente." Hübscher Titel, natürlich geklaut von Hašeks „Die Abenteuer des braven Soldaten Schwejk" – aber warum nicht? Überall wird geklaut heutzutage.

Er spann seine Gedanken weiter. Der brave Soldat Schwejk hat mit seiner gut gespielten Naivität das ganze k-und-k-Militär an der Nase herumgeführt. Ein gefährliches Spiel damals, mitten in diesem gnadenlosen Krieg. Da wäre der friedliche Versuch des braven Bürgers Drente kein halb so großes Wagnis. Gelingt es nicht, na schön, Leute, man ist Komödiant, man spielt, und nicht jede Rolle bringt einem Erfolge, und das eventuelle „Dudu!" der Chefetage wäre zu verkraften. Wesentlich tieferstufen können sie mich ohnehin nicht, und die Kollegen hätten mal wieder ordentlich was zu lachen. Dem Komödianten verzeiht man schon mal ein paar Blödheiten.

Von der anderen Seite her näherten sich Schritte, also ging auch er weiter, schon ganz erfüllt von seinem verrückten Plan. Den Paß muß ich raussuchen, dachte er. Da prangt bisher nur das Visum der Rumänienreise von damals, Kulturaustausch, mit der Propellermaschine nach Bukarest, unterwegs wurde noch brav zwischengelandet, Prag, Budapest, und dann die rumänische Hauptstadt, Hotel Ambassador, und der Dolmetscher, dieser lustige Weißelberger, der uns noch bei der Rückreise am Flugplatz mit Witzen überraschte, die wir nach drei Wochen Erzählkunst von ihm noch nicht gehört hatten.

Und dann das „Theatrul evreiesk de Stat", das jüdische Theater in Bukarest, wo wir die „Anne Frank" in jiddischer Sprache von Menschen erlebten, die ihre eigene Geschichte so erschütternd darstellten. Selten hat mich eine Aufführung so gepackt wie damals bei diesem Stück. Und die kleine Kollegin stand danach im Kasino vor uns, lächelte ganz eigenartig und sagte: „Ja, nun seid ihr traurig – aber es ist doch die reine Wahrheit gewesen." O ja, Theater kann auch das wirkliche Leben sein.

Geblieben ist mir das Visum in meinem Paß. Er müßte eigentlich noch gültig sein, damals war er brandneu. Bei Frau Blasewitz sah Drente noch Licht; aber er wollte jetzt mit keinem mehr reden, er schlich sich so leise in die Wohnung wie ein zuspätkommender Ehemann auf der Flucht vor der Gardinenpredigt.

IV.

Jemand sorgt für Gelächter

Im Volkspolizeiamt, wo eigentlich Tag für Tag der gleiche Betrieb abläuft, erzählt man sich immer mal wieder die Geschichte eines ganz normal begonnenen Morgens. Da war also ein Mann erschienen, hatte sich zur zuständigen Tür durchgefragt, hatte geklopft und artig das „Herein!" abgewartet und war dann bescheiden an die Brüstung herangetreten, so wie die meisten Leute, die hier herkommen.

„Sie wünschen?"

„Ich möchte eine Reise beantragen. Hier ist mein Paß!"

„Und wohin, bitte?"

„Nach Paris."

„Wie bitte?"

„Ich sagte, nach Paris."

„Wieso nach Paris?"

„Ich habe dort eine Tante. Sie hat mich eingeladen, sie zu besuchen, das ist alles."

„Aber, hören Sie, da könnte ja jeder kommen und einfach so nach Paris?"

„Eben, da könnte jeder kommen, und hier komme ich."

Schweigen. Die außerdem in diesem Raum schriftlich beschäftigten Uniformierten und Uniformiertinnen hörten gemeinsam auf zu arbeiten. Alle Blicke wandten sich diesem Naivling zu, der einfach so hereingekommen war, um eine Reise nach Paris zu beantragen. Wollte er sie veralbern? Die Würde dieses amtlichen Gelasses verspotten, oder was?

„Das geht nicht", sagte der Mann, der Herrn Drente gegenüberstand.

„Und wieso nicht?"

„Das ist nicht erlaubt."

Herr Drente machte sich groß. „Entschuldigen Sie bitte", sagte er, „aber da muß ich Sie korrigieren. Es ist nicht erlaubt, illegal die Grenze zu überschreiten, aber das will ich ja auch gar nicht, verstehen Sie? Ich beantrage ganz legal eine Besuchsreise nach Paris, und mir ist kein Gesetz bekannt, das dem DDR-Bürger dies verbieten würde."

Sein Gegenüber war für einen Moment sprachlos. Helmut Drente sah, daß der Mann drei Sterne trug, und ihm fiel jener Witz ein, in dem ein Rekrut auf die barsche Frage eines Vorgesetzten: „Warum grüßen Sie mich nicht? Sehen Sie nicht, daß ich drei Sterne habe?" geantwortet hatte: „Oh, Entschuldigung! Guten Tag, Herr Hennessy!" – Der Gedanke erheiterte Herrn Drente, zumal sein Gesprächspartner sich mehrmals hilflos nach seinen Mitpolizisten umsah.

„Also, für so etwas sind wir hier überhaupt nicht zuständig", sagte der Dreibesternte schließlich.

„Und wer ist da zuständig, bitte?" fragte Drente.

„Wenden Sie sich bitte an den Genossen Amtsleiter." Herr Drente bekam seinen Paß zurück.

„Gern und wo finde ich den?"

„Im ersten Stock, Zimmer sechzehn."

„Danke vielmals, Herr Hennessy!"

Auf dem Flur hörte Herr Drente, daß drinnen schallend gelacht wurde. Na, also, dachte er, ein hundertprozentiger Heiterkeitserfolg, das ist doch für den Anfang schon recht beachtlich, nach einem so kurzen Dialog. Also, hier hat tatsächlich noch nie jemand ein Visum nach Paris verlangt. Ich bin der erste, der das versucht, ein erhebendes Gefühl. Dürfen die denn da drin überhaupt lachen? Sie sind doch im Dienst, und der Deutsche hat bekanntlich im Dienst nicht zu lachen, wo kämen wir denn da hin?

Und jetzt? – Sollte er nicht besser einfach gehen und diese verrückte Sache aufgeben? Sein Traum war doch zunächst nichts weiter als eine riesengroße Illusion, und Träume und Illusionen sind nicht dasselbe. An der Treppe zögerte er einen Augenblick. Nach unten – oder nach oben? Dann entschloß er sich aber doch ganz spontan, den einmal eingeschlagenen Weg fortzusetzen. Es ging also aufwärts mit Herrn Drente.

In Zimmer sechzehn schien er bereits angemeldet zu sein; denn der Genosse Amtsleiter forderte ihn ohne zu fragen auf, sich zu setzen, und begann einen erschöpfenden Vortrag über gewisse internationale Abmachungen, Anerkennung fremder Pässe, gewisse Gepflogenheiten, die die Einsicht der Bürger verlangten, und, und und...

„Ich möchte aber trotzdem nach Paris reisen", beharrte Herr Drente.

Sein Gegenüber, der einiges Mehr an Silber auf den Schultern trug als der Dreibesternte aus dem Erdgeschoß, schnappte nach Luft, starrte den sturen Besucher mißbilligend an und sagte dann: „Mit so etwas ist hier noch nie jemand hergekommen."

„Schon möglich“, meinte Herr Drente. „Bei allem gibt es irgendwann mal einen, der den Anfang macht, und bei den Reisen nach Paris bin das eben ich.“

Der Genosse Amtsleiter wußte anscheinend nicht, ob er jetzt lachen sollte, oder ob es eher angebracht war, ganz amtlich böse zu werden. Er warf einen Blick in den Paß dieses merkwürdigen Menschen und fragte: „Was sind Sie denn eigentlich von Beruf?“

„Na, Schauspieler. Haben Sie mich etwa noch nie auf der Bühne gesehen?“

Ein Verlegenheitslachen war die Antwort. Dann schob ihm der hohe Chef seinen Paß zu und sagte: „Jetzt wird mir manches klar. Nun, Herr Drente, wir sind hier nicht im Theater.“

„Das hätte mich auch sehr gewundert.“

Der andere überhörte das.

„Also, um es kurz zu machen, Herr“, sagte er nun wieder ganz amtlich, „da sind Sie hier an der falschen Stelle. Da müssen Sie sich schon zur Bezirksbehörde bemühen, vielleicht können Ihnen die Genossen dort weiterhelfen. Haben wir uns jetzt verstanden?“

„Aber ja“, meinte Herr Drente und ergriff spontan die Hand der verdutzten Mannes, schüttelte sie und sagte: „Ich danke Ihnen jetzt weiß ich Bescheid. Und wenn Sie mal abends nicht wissen, was Sie daheim anfangen sollen, kommen Sie ins Theater, das ist immer sehr unterhaltsam und lehrreich. Auf Wiedersehen, Herr Genosse Amtsleiter.“

Helmut Drente wartete keine Antwort mehr ab, er ging hinaus, die Treppe hinunter, reichte am Ausgang seinen Besucherzettel in die Pförtnerloge. Draußen auf der Straße schaute er sich nochmals um und suggerierte sich, daß das amtliche Gebäude leicht vibrierte, weil da jetzt in allen Zimmern herzhaft gelacht wurde. Kommt so ein Mensch herein und verlangt ein Visum für Paris! Köstlich! – Köstlich schon, überlegte Herr Drente, aber ohne K.

Er zog es vor, auf die Straßenbahn zu verzichten. Im Gehen lassen sich besser Gedanken spinnen als in so einem schaukelnden Gefährt. Ein Soldat kam ihm entgegen, Herrn Drentes Blick suchte die Schultern des Ankommenden. Ein Stern? Zwei – oder drei – oder gar noch mehr? Es ist doch lustig, dachte er, da tragen Leute ihren angeblichen Wert öffentlich zur Schau, als wären sie auf einer Bühne: „Schaut her, ich bin's!“ Das ist doch Theater in Reinkultur, oder?

Er hielt ganz für sich allein ein Referat: Eins der letzten Überbleibsel aus feudalistischer Zeit, das sich bis in die Gegenwart hinein erhalten hat, sind die in der Öffentlichkeit zur Schau getragenen Rangabzeichen der Uniformierten. Was im Dienstbetrieb seine Berechtigung haben mag, ist außerhalb des Dienstes einfach absurd. Mit welchem Recht präsentiert der Major auf der Straße seine Bedeutung, während der Gelehrte, der Künstler, der Arzt, der Ingenieur, die ja vorwiegend mehr geleistet haben als der pure Kommando-Inhaber, anonym bleiben müssen?

Einst hatten sich die Stände auf königlichen Befehl hin durch unterschiedliche Kleidung auszuweisen, damit die Untertanenverhältnisse sofort ins Auge sprängen. Das ist längst überholt, aber wann endlich werden die uniformierten Dienste dieses Rudiment ablegen? Es ist dem Bürger doch völlig gleichgültig, ob er im Verkehr einem Hauptwachtmeister oder einem Oberkommissar gegenübersteht, ob vor ihm am Postschalter ein Oberassistent oder Hauptsekretär sitzt und ob der Soldat, dem er auf der Straße begegnet, zehn Leute unter sich hat oder hundert oder auch gar keine. Die Uniform allein weist ihn doch genügend aus.

Hoppla! Da wäre er doch fast bei Rot über die Straßenkreuzung marschiert. Herr Drente rief sich zur Ordnung. Er wandte sich um, sah einen Kiosk, kaufte dort eine Zeitschrift und setzte sich damit in die Anlagen. Es gab nicht viel Neues zu erfahren. Die politischen Artikel überlas er ohnehin nur rasch diagonal, das Rotwelsch der maßgeblichen Gremien fand er erschreckend. Er suchte schließlich das Kreuzworträtsel, und das half ihm dann über die nächste halbe Stunde hinweg.

Am Abend spielten sie „Dachziegel oder Bomben“, ein unbedeutendes Stück eines ebensolchen Gegenwartsautors, das sie nichtsdestotrotz aus der vorigen Spielzeit übernommen hatten. Das Publikum, Anrechtsring 23, ging brav mit, mehr war dabei ohnehin nicht zu erwarten. Theater ist nicht nur Unterhaltung und Zeitvertreib, es ist ja doch auch moralische Anstalt und Klassenauftrag, also bitte, Leute!

Willy Steiner hatte Geburtstag und daher im Kasino ein paar Flaschen aufgelegt. Man sah es ja zwar von der Leitung nicht gern, wenn die Schauspieler zwischen ihren Auftritten tranken; aber die „Dachziegel“ würden sie schon über die Runden kriegen, das Stück stand doch lange genug auf dem Spielplan. Es lief dann auch alles vorzüglich, das Publikum klatschte brav Beifall, und so konnte man anschließend schon guten Gewissens noch eine Weile im Haus beisammenbleiben und Willys Auflage kleinmachen. Sie kamen dann auch bald in

Stimmung. Irgendwann hieb jemand Helmut Drente auf die Schulter: „Erzähl' was, mein Guter!"

„Wieso ich?"

„Du bist mal wieder dran. Also los, was hast du erlebt heute?"

Drente straffte sich, zögerte einen Augenblick lang. Warum eigentlich nicht, dachte er und sagte wie beiläufig: „Ich habe auf dem Polizeiamt eine Komödie gegeben."

„Ach, ein Einmannstück?"

„Nöö, nöö, die mußten da schon mitspielen."

„Und worum ging es, wenn man fragen darf? Wie ist die Intrige?"

„Ein braver Bürger unseres Staates beantragt ganz naiv eine Reise nach Paris."

„Ach; nee!" Sie rückten ungläubig näher. „Erzähl' doch mal!"

Bedächtig stieg Helmut Drente auf den Stuhl. Jetzt war er ganz der große Mime vor seinem wohlbeflissenen Publikum:

„Der Monolog! Wisset nun, unwürdige, kleine Geister, die ihr im Schlamme der Großstadt allabendlich mühsam eurer Nahrung nachgehet, es gibt mehr Ding im Himmel und auf Erden, als eure Schulweisheit sich träumt. Es gibt auch mehr Ding auf Erden als euer bescheidenes Ländchen mit seinen so engen Grenzen, und sollte euer Geist nicht dann und wann ganz heimlich gewisse Sehnsüchte hegen, ab und an einen Blick wagen zu dürfen in Gefilde, die eure Großen vor euch so sorglich verschlossen halten? Wisset, o ihr Jünger Thaliens, es gibt hinter dem Horizont eine Stadt, überragt vom schneeweißen Sandstein der Sacré-Coeur, vom stählern aufragenden Tour-Eiffel, durchflossen von der lieblichen Seine, unter deren Brücken die Clochards im Absinth ihr Vergessen suchen."

„Paris!" riefen zwei oder drei zugleich.

„Ganz recht, Ihr Sterblichen", fuhr Drente bühnengerecht fort. „Paris, ein Name wie Kristall. Wisset nun also, daß euer Bruder heute das erste Steinchen herangetragen hat, eine Brücke aufzurichten, die ihn schließlich und endlich hinüberführen wird, um den Kristall zu schauen und euch Kunde davon zu geben, was er sah und erlebte."

Sie klatschten hingebungsvoll Beifall, jemand rief nach zwei weiteren Flaschen, man zerrte Drente zurück in die Runde, hieb ihm abermals auf die Schulter, stubste ihn in die Rippen, endlich blieb da eine Frage stehen; Alexander Bohnheim, der künftige SS-Obersturmführer Gerstein, sprach sie aus: „Nun mal ehrlich, alter Freund, du willst sagen, du hast wirklich eine Reise nach Paris beantragt?"

„So ist es, Horatio!"

„Und wie war das Echo?"

„Man hat mich an die höhere Instanz verwiesen."

Sie brüllten vor Lachen. Natürlich, wie hätte das denn auch anders sein können, das gibt's doch nicht, daß jemand so eine Reise wagen will, ohne auch nur einen Augenblick daran zu zweifelnd, daß jeder die Verantwortung bei so etwas weit von sich schieben würde.

„Und wie stellst du dir jetzt das Weitere vor?" hieß es.

„Na wie schon?" antwortete er und hob sein Glas. „Instanz auf Instanz, jede höher als die vorige. Stellt euch vor, eines Tages werde ich da angelangt sein, wo es keine höhere mehr gibt, und dort soll man mir dann ehrlich Rede und Antwort stehen."

„Auf den Gipfeln weht aber bekanntilch ein scharfer Wind", gab Willy Steiner, das Geburtstagskind, zu bedenken.

„Ich werde nötigenfalls den Wintermantel überziehen."

Sie jubelten. Das war ganz eine Geschichte nach ihrem Geschmack, sie würde in den nächsten Wochen für Gesprächsstoff sorgen.

In dieser Nacht war Herr Drente heilfroh, daß er nach langer Wanderung schließlich doch noch einigermaßen zielsicher nach Hause gelangte. Es dauerte zwar seine Weile, bis er die richtigen Schlüssel in den richtigen Schlössern hatte, doch am Ende fand er brav sein Zimmer, den Lichtschalter und schließlich auch noch das Bett, und als er darin einsank, fühlte er sich zufrieden wie schon lange nicht mehr.

V.

Der brave Bürger beginnt den Aufstieg

Zunächst gab es erst einmal eine Verzögerung; denn Herr Drente wurde delegiert. Eine Kulturkonferenz war „anberaumt" worden, zu der auch das Stadttheater Vertreter zu entsenden hatte. Außer einem jungen Dramaturgen, der Drente kaum bekannt war, wurden noch zwei an jenem Tag spielfreie Kollegen dazu beordert, und das Schicksal entschied sich für Herrn Drente, der darüber sehr begeistert war; denn Sitzungen liebte er ebenso heiß wie das Ausfüllen endloser Fragebogen.

„Das haben wir gern", sagte er zu seiner Leidensgenossin, der Charakterdarstellerin Barbara Dynow, „erst geben sie einem Rollen, an denen man vor Langeweile stirbt, und die dann verbleibende Zeit nutzen sie, um einen bei herrlichstem Frühlingswetter in einen Saal zu setzen, wo man sich stundenlang das Gesülze diskutierwütiger Zeitgenossen anhören muß."

„Freu dich doch", antwortete die Kollegin. „Ich nutze solche Tagungen immer, um die Briefschulden der vergangenen sechs Wochen aufzuarbeiten."

„Freilich, das ist auch eine Möglichkeit."

Schon draußen gab es diese und jene Begrüßung – natürlich kannte man die Kollegen Schauspieler vom Stadttheater – dann füllte sich der Saal. Der junge Dramaturg drängte nach vorn in die Nähe der Prominenz, die erfahrenen Altkollegen wählten lieber Plätze nahe dem Ausgang, das war günstiger für die Pausen, und man genoß außerdem den Vorteil, am Schluß eher bei der Garderobe zu sein.

Ein bedeutender Mann hielt das Referat. Herr Drente verwandelte dessen Weisheiten in Schörkel und Figuren, die er fein säuberlich in sein Notizbuch malte. Sollte ihm einer beweisen, daß dies nicht ein Zeichen besonderer Aufmerksamkeit war. Barbara Dynow schrieb hingebungsvoll ganze Seiten nieder, das fiel sogar einigen Nachbarn auf. Es ist anzuerkennen, wenn unsere Kulturschaffenden das Gebotene so umfassend aufnehmen, sicher werden sie dann erschöpfend darüber berichten, wenn sie wieder im Theater sind. In der ersten Pause wurden sie gefragt, ob jemand von ihnen für die Bühnen der Stadt sprechen wollte. Sie verzichteten bescheiden zu Gunsten ihres jungen Kollegen. Man muß der Jugend eine Chance geben.

Ja, und dann also die Diskussion. Herr Drente beobachtete seine Leidensgenossen. Viele kämpften mit dem Schlaf, andere starrten stumpfsinnig vor sich nieder, gern hätte er deren Gedanken gelesen. Sicherlich hatte jeder Einzelne Besseres zu tun, als dazusitzen und verbrauchte Luft zu atmen, während draußen die Sonne lachte und andere sich froh bewegten.

Blablabla vom Rednerpult. Herr Drente saugte Kraft aus seiner Brauseflasche. Er hörte gar nicht zu; denn alles, was da gesprochen wurde, hatte er x-mal in der Zeitung gelesen, von Radio und Fernsehen vorgetragen bekommen. Was sollte das also? Ich bin kein Klippschüler, sagte er sich, dem man alles zehnmal sagen muß, damit er es begreift. Es ist für mich eine Qual, hier zu sitzen und mich vollsülzen zu lassen – das meiste ist doch unqualifiziert vorgetragen, primitiv, dick, für mich eine Zumutung. Ich sehe nicht ein, daß ich mich quälen lassen muß. Ich bitte also, mich künftig nicht mehr einzuladen, wenn nichts Besseres dabei herauskommt als „wie gehabt".

Nach der Mittagspause entschuldigte er sich bei seiner Kollegin mit Kopfschmerzen, holte den Sommermantel und ging. Ich kann nicht mehr, dachte er grimmig, ich wehre mich jetzt, künftig werde ich solche Einladungen in den Papierkorb schmeißen, klar? – An einer Imbißbude trank er einen doppelten Magenlikör, dann wurde ihm besser, und er machte sich kurz entschlossen auf den Weg zur Polizei-Bezirksbehörde.

Die wirkte in einem pompösen Eckgebäude im Stile von Wilhelm zwo. Es hatte das furchteinflößende Flair des alten Polizeipräsidiums, das schon durch sein achtunggebietendes Äußeres dem Untertan sagen sollte: Schau her, damit kriegst du es zu tun, wenn du nicht... Wehe, wehe! Kein Mensch wäre einst freiwillig da hineingegangen, und er, der brave Bürger Drente, kam aus freien Stücken, um eindeutig wider den Stachel zu löcken und die Inwohner dieses Zuchtpalastes herauszufordern mit seinem geradezu lächerlichen Ansinnen.

Zunächst aber wartete eine Uberraschung auf ihn. In jenem Zimmer, das ihm der uniformierte Empfangschef angegeben hatte, erhob sich hinter seinem Schreibtisch ein überschlanker Mensch und kam mit weit offenen Augen lächelnd auf ihn zu. „Das ist ja..." sagte er stockend, „Sie sind doch..."

„Ganz recht", erwiderte Herr Drente und verbarg seine Verwunderung hinter gut gespielter Jovialität. „Drente!"

„Aber natürlich, sehr angenehm. Ich habe Sie schon oft gesehen, auch beim Weihnachtsmärchen. Köstlich! Ich war mit meinen Kindern dort, und wir, meine Frau und ich, haben schon seit ewigen Zeiten unser Premierenanrecht. – Aber nehmen Sie doch Platz, bittesehr!"

Das war doch nun wohl der halbe Weg nach Rom. Siegessicher zog Herr Drente den Paß aus der Tasche und trug dem freundlichen Mann sein Anliegen vor. Das Lächeln auf dem Gesicht seines Gegenüber wich mehr und mehr echter Besorgnis. Drente sah ihm an, daß es ihm unendlich leid zu tun schien, seinem Gast nicht sogleich hundertprozentig dienen zu können. „Tja", sagte er nur, „tja", und er biß sich auf die Lippen wie ein Lehrling, der seinem Meister das eigene Unvermögen beichten muß.

„So einfach ist das leider nicht“, sagte er endlich. „Es gibt da gewisse Schwierigkeiten, verstehen Sie mich recht. Die französische Republik erkennt unseren Paß gar nicht an. Wir können unseren Bürgern nicht zumuten, an der Grenze abgewiesen zu werden.“

„Ein bißchen was dürfen Sie mir getrost noch selbst überlassen“, sagte Drente. „Ich spreche die Sprache dieses Landes und werde mich dort schon deutlich genug zu Wort melden, schließlich ist Reden mein Beruf.“

Sein Gesprächspartner wandte verlegen den Kopf hin und her. „Natürlich, natürlich, das glaube ich Ihnen gern.

Die Sache hat nur einen Haken, Herr Drente. Wir wissen, daß die Behörden der Bundesrepublik jedem DDR-Bürger, der bei ihnen vorspricht, unverzüglich einen Reisepaß ausstellen, und dann fährt er als Bundesbürger weiter. Sie werden verstehen, daß wir eine solche Diffamierung einfach nicht hinnehmen können. So etwas geht nicht, und darum bestehen hier eindeutige Anordnungen.“

„Das ist mir bekannt.“ Drente spielte den wohlinformierten Antragsteller mit Bravour. „Ich würde mich Ihnen gegenüber verpflichten, mir vorher bei der hiesigen Vertretung der République Française ein ordnungsgemäßes Besuchsvisum zu beschaffen. Ich bin nicht ganz unbekannt.“

„Natürlich, ich weiß.“

Der Mann stand auf in voller Länge, er ging im Zimmer hin und her, Drente sah, wie der Theaterfreund mit sich und seinen Weisungen rang. „Das bleibt auch nicht die einzige Frage“, fuhr er fort. „Da wird die Finanzierung aufgeworfen. Sie sind eingeladen, natürlich; aber wir können keinen unserer Bürger mittellos auf so eine Reise schicken. Unser Geld dürfen Sie nicht ausführen, das wissen Sie, und Devisen sind knapp, die können wir nicht für Privatreisen freigeben, und das ist nun mal eine, Herr Drente, auch wenn Sie dabei vorwiegend Ihre Bildung erweitern möchten.“

„Meine Tante würde vorher einen entsprechenden Betrag auf unsere Staatsbank anweisen, wie ich sie kenne.“

„Sehen Sie, das ist es wieder!“ Der freundliche Mann setzte sich erneut zu ihm. „So etwas schadet eindeutig dem Ansehen unseres Staates. Man schickt niemanden auf eine Bettelreise.“

„Glauben Sie nicht, daß es ihm noch mehr schadet, wenn gar keiner reisen darf? Ich weiß zufällig, daß wir so und so oft Leute ins kapitalistische Ausland schicken, auch Künstler, sonst wäre ich gar nicht erst hergekommen. Ich brauche diese Reise für meine Vorträge, also für mein Weiterkommen, das ist wichtig."

Der Mann nickte. „Ich verstehe Sie vollkommen, Herr Drente. Ich selbst wäre aber gar nicht befugt, Ihnen das erforderliche Visum zu geben. Ich mache Ihnen einen Vorschlag: Gehen Sie bitte hoch zu meinem Vorgesetzten, dem Genossen Oberstleutnant Sulzheimer, Zimmer einhundertelf. Ich werde ihn inzwischen telefonisch von Ihrem Anliegen verständigen. Er kann Entscheidungen treffen, die nicht meiner Kompetenz unterstehen, Einhundertelf, bitte.

Hat mich sehr gefreut, Sie persönlich kennenzulernen, Herr Drente. Na, vor dem Ende der Spielzeit werden wir ja noch den 'Nathan' erleben, wir freuen uns schon darauf, meine Frau und ich. Nichts für ungut, Herr Drente, auf Wiedersehen!"

Sauber abgeschoben, dachte Drente, als er wieder draußen auf dem Flur stand. Der Vorrat an Widerspruch war ausgekramt, jetzt, Samiel hilf! Und nun? Man trifft nicht überall auf ausgesprochene Theaterfreunde. Also, der Genosse Sulzheimer ist an der Reihe. Wie kommt dieser österreichisch klingende Name in diesen urpreußischen Prachtbau? Aber, was soll's, Instanz Nummer drei ist genommen, nun kommt die nächste dran, und ich bin ehrlich gespannt, was ich da zu hören kriege.

Der Kontrast war zu offensichtlich. Eben noch dieser schlanke, lächelnde supersportliche Theaterfreund, und nun in Zimmer einhundertelf ein bulliger Finsterling, der den eintretenden Bittsteller ungnädig musterte. Eine menschliche Dogge, fuhr es Drente durch den Sinn, und dieser Wauwau soll Verständnis für mein Vorhaben zeigen? Wirklich sauber abgeschoben, lieber Theaterfreund. Na, dann auf in den Kampf, Torero!

„Nehmen Sie Platz!" kollerte der Wauwau hinter seinem Schreibtisch.

„Danke!"

„Also! So, wie Sie sich das vorstellen, geht es nicht, Bürger!"

Das war wie ein Eimer Wasser, kalt von oben her über den Kopf; aber Herr Drente war darauf vorbereitet und antwortete ungerührt: „Und wie dann, Herr Genosse Oberstleutnant?"

„Das geht gar nicht!"

„Oh, das geht doch. Mir sind einige Fälle bekannt."

Wird er diese glatte Lüge schlucken oder nicht? Er schluckte sie. „Das waren alles durchaus begründete Fälle, Herr!"

„Meiner auch."

Dem Wauwau schien sich das Haar zu sträuben. Offensichtlich war er Widerspruch nicht gewohnt.

„Wenn jemand eingeladen wird, so wie Sie, dann ist das doch wohl eine private Angelegenheit, ganz gleich, wie Sie das nun auslegen."

Kontra, dachte Herr Drente und entgegnete: „Wenn jemand so wie ich in der Öffentlichkeit steht, im Theater, wenn er Vorträge hält, durch die unseren Menschen wichtige Erkenntnisse vermittelt werden, so hat der die Pflicht, ständig sein Wissen zu erweitern und Erfahrungen zu sammeln, durch die sich Rückschlüsse auf die Richtigkeit unseres Entwicklungsweges ziehen lassen."

Welch herrlicher Satz war ihm da gelungen, doch der Wauwau empfand das anscheinend gar nicht so. „Das sehe ich aber ganz anders, Bürger!" sagte er. So ging das eine Weile hin und her mit Argument und Gegenargument, endlich entschied der Gewaltige, daß dieser Fall überhaupt nicht hier bei der Bezirksbehörde entschieden werden könnte, da für solche Ausnahmen eindeutig das Innenministerium zuständig wäre. So, du Quälgeist, nun hast du deine Antwort, und nun sieh zu, wie du weiterkommst.

Herr Drente war eigentlich ganz zufrieden, als er durch die Straßen heimwärts strebte. Auch diese Hürde war genommen, nun galt es, bei Gelegenheit die nächste anzugehen. Außerdem hatte er einige Gesetzmäßigkeiten unserer Verwaltungspraxis aufgedeckt, die er unterwegs für sich noch einmal formulierte: Sage niemals „Ich verantworte das!" Es könnte dich jemand beim Wort nehmen. Zweitens: Entscheide nichts allein! Frage immer erst einen Höhergestellten, hinter dem du dich dann notfalls verstecken kannst. Und drittens: Du bist die Macht, wer an dich ranwill, muß einen langen Atem haben.

Er lachte noch, als er in die Wohnung trat.

„Oh, Herr Drente!" rief Frau Blasewitz. „Sie sind ja so fröhlich. Sagen Sie bloß, Sie fahren."

„Ja", antwortete er, „nach Berlin, zum Innenministerium. Die Wege Gottes sind weit, das wissen Sie doch."

VI.

Alltagsintermezzo

Sein Vorhaben konnte er zunächst nicht weiter verfolgen. Er hatte schließlich wie jeder andere im Haus seine Pflichten, nahm auch an, daß die Kollegen die ganze Sache doch wohl mehr als einen Jux angesehen hatten. Die meisten würden sein Possenspiel im Kasino ohnehin bald vergessen. Schließlich war der feuchtfröhliche Abend zu Willy Steiners Geburtstag nicht die erste derartige Festlichkeit in ihrem Musentempel.

Bei einigen schien sich diese irre Geschichte aber doch festgesetzt zu haben. Im Konzimmer, wo während der Vorstellung die Schauspieler auf ihr Zeichen warteten, sprach ihn Heinrich Webern, der Senior des Ensembles, daraufhin an, wollte wissen, wie weit sein Vorhaben denn schon gediehen wäre.

„Ach, weißt du“, antwortete Drente, „was ich hier in der Stadt erledigen konnte, habe ich inzwischen getan. Jetzt müßte ich zum Innenministerium, einer schiebt doch wie immer die Sache an den anderen weiter. Na ja, und dazu brauche ich mindestens einen Tag Urlaub.“

Der Alte rückte näher. „Wenn du für unterwegs ein paar harte Mark brauchen solltest“, raunte er, „ich hab ein bißchen was zu liegen. Kannst es mir ja hinterher wiedergeben, falls noch was übrig ist, meine ich.“

„Danke“, sagte Drente. „Vertrauen ehrt. Wenn ich das Visum habe, werde ich auf Dein hochherziges Angebot zurückkommen. Wenn, verstehst du? Wie immer und überall das leidige Wörtchen wenn.“

„Du scheinst selber nicht so richtig an deine Sache zu glauben“, meinte Webern. „Das ist grundfalsch. Ich hab in meinem Leben so und so oft erfahren, daß man beinahe alles schafft, wenn man es sich ganz fest vornimmt. Und dein Vorhaben ist so, wie soll ich sagen, einfach so verquer, daß es wahrscheinlich zu machen ist, weil keiner damit rechnet.“

Drente wiegte schmunzelnd den Kopf. „Die friedlichen Sachen sind meist die schwierigsten“, sagte er. „Sieh mal, ich will ganz friedlich über eine Grenze, versteh das richtig. Eine willkürlich gezogene Linie quer durch unser Land, weil das die Besatzer so wollten. Seitdem gilt so etwas wie mein Vorhaben schlicht als Frontenwechsel, obgleich ich ganz bestimmt wiederkomme. Und das macht die Sache so schwierig.“

Er bekam keine Antwort mehr; denn der Inspizient rief den Alten zur Bühne. Weg jetzt mit diesen Uberlegungen, befahl sich Drente, ich bin auch gleich dran und muß meine Gedanken beisammen haben.

Als er anderntags von der Probe kam, sah er vor dem Haus ein bekanntes Gesicht. Der Besucher von der GHG war wiedergekommen und schien auf ihn zu warten. Herr Drente trat auffällig beschwingt näher. „Nanu?" fragte er jovial. „Schon wieder Sehnsucht nach mir?"

Der andere setzte ein Lächeln auf. „Gehen wir ein Stück miteinander?" fragte er. „Oder wollen wir lieber im Haus?"

„Besser nicht", sagte Drente; denn er dachte: Drin wird man dich so schwer wieder los. „In meiner Bude sieht 's nicht gerade aufgeräumt aus, so etwas schadet der Reputation."

Sie schlenderten nebeneinander her wie zwei gute Bekannte.

„Man hört, daß Sie eine Reise planen?" forschte der Besucher.

„Man hört viel, ich weiß."

„Wir könnten Ihnen eventuell behilflich sein."

„Oh!" Drente blieb stehen, gab sich überrascht. „Das ist ja ein großherziges Angebot", kollerte er. „Da nehmen Sie meinen Paß nur gleich mit. Sagen wir also, drei Wochen Besuchsvisum während der Spielferien. Wohin, wissen Sie ja."

„Sicher. Sie kennen aber doch wohl das Sprichwort, daß eine Hand die andere wäscht. Was wäre Ihnen diese Reiseerlaubnis denn wert?"

„Lieber Freund – ich darf Sie doch wohl so nennen. Ich habe Ihnen von meinem Handicap erzählt. Wollen Sie das nochmal hören?"

„Da ist eine Bank. Setzen wir uns? – Ja, Herr Drente, nun muß ich Ihnen aber sagen, daß Sie Ihren Kollegen durchaus nicht als Trinker bekannt sind. Und neulich, als es bei Ihnen feuchtfröhlich zuging, da haben Sie nichts von meinem Besuch erzählt, und Sie tragen doch angeblich das Herz auf der Zunge, oder?"

Herr Drente lachte laut heraus. „Aber, guter Mann", sagte er, „wenn Sie so feine Ohren haben, müßten Sie wissen, daß wir da ganz andere Themen hatten. Glauben Sie denn, man tütert bei jeder Gelegenheit gleich alles heraus? Ich erlebe viel, wenn der Tag lang ist. Lassen Sie nur irgendwann bei solcher Gelegenheit das Gespräch auf Ihre Dienststelle kommen, dann stehe ich für nichts, das werden Sie schon sehen.

„Sie machen uns doch was vor, Herr Drente."

„Durchaus nicht. Sehen Sie mal, mein Lieber, gerade Schauspieler sind mit allem, was Menschen betrifft, anderen ein ganzes Stück voraus, sie leben viele Leben, haben Verständnis für alles, nichts ist ihnen fremd, Freude, Trauer, Liebe, Verrat, Verbrechen, alles tausendfach durchlebt. Ich habe auch für Sie und Ihre Tätigkeit durchaus volles Verständnis."

„Das sollte man bei einem loyalen Staatsbürger auch voraussetzen."

„Natürlich, Herr. Man kennt aber auch genau die eigenen Möglichkeiten, sein Können und seine Grenzen. Ich weiß nicht, welchen meiner Kollegen Sie angezapft haben; aber auch er hat wohl kaum abstreiten können, daß ich ein recht geschwätziger Mensch bin. Eine Berufskrankheit, versteht sich. Alkohol lockert dann noch die Zunge, kurzum, verehrter Freund, da bleibt nichts geheim, absolut nichts. Und da ich weiß, daß mir das im Zusammenwirken mit Ihnen zumindest Unannehmlichkeiten bringen würde, lasse ich mich also auf gar nichts ein, was geheim bleiben muß. Ich wehre auch sofort ab, wenn mir ein Kollege ein offensichtliches Geheimnis anvertrauen will. Wollen Sie Namen wissen?"

„Nein, nein!"

Diesmal behielt Herr Drente die Oberhand. Er war gewappnet, redete den anderen in Grund und Boden. Auf jedes Wort seines Gesprächspartners folgten hundert in der Gegenrede, so daß der hartnäckige Besucher am Schluß nun aber wohl wirklich die Erkenntnis gewann, daß es mit diesem windigen Schauspieler da keinen Zweck hatte. Er entschuldigte sich also nach einer Weile und ging davon. Hätte er sich nochmals umgedreht, wäre ihm sicher aufgefallen, daß sich Herr Drente wohlig ausstreckte. Gelernt ist gelernt, dachte der Sieger. Ja, so haben wir mal angefangen, damals in der Laienspielgruppe, Stegreifspiele, acht Leute an der Bushaltestelle, und der Bus fährt durch. Nun macht euch Luft, alle miteinander. Oder jemand beantragt einen Bezugschein für einen Wintermantel, fünfmal abgelehnt und fünfmal wiedergekommen. Und dann unsre geliebte Duoszene „Herr Graf, die Rosse sind gesattelt", als Lustspiel, Drama, große Oper, Revue, Trauerspiel, Ballett – man konnte den ganzen Reichtum seiner Phantasie dabei entfalten, und die Zuschauer barsten vor Lachen. Und dann später das Vorsprechen zum Schauspielunterricht? Ich hatte nie Schwierigkeiten, so etwas zu meistern.

Und nun das heute? Lieber Freund von Guck, Horch und Greif, wenn du immer so rasch aufgibst wie in dieser kleinen Szene, da dürften Deine Vorgesetzten keine große Freude an deinem Wirken haben.

Wenige Stunden später aber wurde Herr Drente unsicher. Da kam überraschend Kollege Wendelin zu ihm. Er wirkte recht verzweifelt, bat um einen freundschaftlichen Rat, sagte, er müßte sich einfach mal jemandem anvertrauen. Dann aber schien er nicht recht zu wissen, wie er beginnen sollte, und kam schließlich damit ans Licht, der sowjetische Geheimdienst würde ihn hart bedrängen, für sie zu arbeiten. Nun wisse er nicht mehr ein noch aus. Es genügte doch wohl eine einfache Denunziation, um ihn fertigzumachen.

Herr Drente stutzte. Hat man etwa ihn auf mich angesetzt, überlegte er, sozusagen als Testperson? Aber nein, so viel Menschenkenntnis besaß er schon, um zu erkennen, daß die Verzweiflung des Kollegen echt war. Ihm fiel augenblicklich ein, daß er vorhin dem GHG-Mann gesagt hatte, er würde Kollegengeheimnisse sofort von sich weisen. „Haben Sie denn irgendwie zugesagt?“ fragte er.

„Durchaus nicht“, antwortete Wendelin, „aber sie sind wie die Kletten, sie kommen immer wieder. Sie scheinen auch zu wissen, daß ich mich seinerzeit mit einem Trick aus der Gefangenschaft rausgemogelt habe. Falsche Angaben, und so weiter.“

Das sonst so gemütliche Ticken der Wohnzimmeruhr wurde geradezu schmerzlich. Ich kann ihm doch nicht meine Methode empfehlen, überlegte er. Wenn das allgemein wird, sitze ich selbst in der Tinte. Außerdem kenne ich ihn noch zu wenig, er ist noch nicht so lange im Haus, wir sind ja auch noch per Sie. Eine ganz verwünschte Geschichte, und gerade jetzt, wo er selber so wachsam sein mußte.

„Soviel ich weiß, sind Sie doch in der Partei“, sagte er.

„Sicher – vielleicht ist das auch ein Grund.“

„Dann gibt es nur eine Möglichkeit.“

„Ja?“ rief Wendelin hoffnungsvoll. „Und welche?“

„Sie gehen ganz offiziell zu Ihrer Bezirksleitung, packen dort die Sache auf den Tisch und beschweren sich, daß Sie nicht mehr arbeiten können, weil Sie das emotionell so sehr behindert. Ihre Zukunft ist infrage gestellt, Sie sind fahrig, behalten den Text nicht, haben auf der Bühne Hänger, begehen Fehler, das schadet Ihnen und dem Theater.“

„Genauso ist es.“

„Was?“

„Gerade so, wie Sie es schildern, Kollege, so geht es mir seit Wochen. Ich weiß nicht mehr, was ich machen soll, ich bin schon ganz fertig, glauben Sie mir das.“

„Ganz so müssen Sie es Ihren Genossen vortragen. Man muß Ihnen dort helfen, wozu haben Sie sonst Ihre Leitungen gewählt. Sagen Sie ganz hart, Sie landen im Irrenhaus, wenn das nicht aufhört. Ein Künstler braucht den klaren Kopf, sonst ist er erschossen."

„Also, wenn Sie meinen, Kollege", sagte der andere unsicher, „versuchen könnte ich das ja mal."

„Aber dann nicht demütig, sondern in leidenschaftlicher Verzweiflung, damit man Ihnen auch glaubt."

„Ich danke Ihnen. Morgen gehe ich da hin."

Großer Himmel, dachte Drente, als der Kollege gegangen war, da tun sich Abgründe auf! Diese verfluchten Geheimdienste. Sie scheuen das Licht der Öffentlichkeit und verlangen für sich die volle Anerkennung, alles unter dem Schein vaterländischer Pflicht. Lug und Trug und nackte Nötigung – es ist zum Kotzen!

Am Abend Lustspiel, Kleists „Zerbrochener Krug", Herbert Drente gab den Schreiber Licht, die einzige wirklich befriedigende Aufgabe der ganzen Spielzeit. Er legte alles hinein, was in ihm schwelte und erhielt Szenenapplaus.

„Mann", sagte der Regieassistent in der Pause zu ihm, „du gehst ja heute mächtig ran. Hast du die Verwandtschaft im Publikum zu sitzen?"

„Das Nationalpreiskomitee", antwortete er und marschierte in die Toilette. Auch die großen Mimen haben ihre menschlichen Bedürfnisse.

Er ging nach der Vorstellung gleich heim. Hoffentlich wartet da nicht noch ein Besucher auf mich, dachte er. Dieser Tag hatte es wirklich in sich. Morgen zur Gewandschneiderei wegen des Derwischs, der kommenden Glanzrolle. Ihm fiel plötzlich jene Begebenheit aus der Theatergeschichte ein, nach der ein bisher unbeachteter Chargenspieler eines Abends als Greis in einer Gruppe so überzeugend starb, daß das Haus den Atem anhielt vor Ergriffenheit und er von Stund an bessere Rollen erhielt und eine erstaunliche Karriere erlebte. Der Name des Mannes fiel ihm nicht ein.

Auf der Bühne kann ich agieren, dachte er. Wer will mich bei offener Szene vor allem Publikum zurechtweisen? Das Donnerwetter hinterher kann ich verkraften, nachdem ich das Publikum auf meiner Seite hatte. Die Sache mit dem Licht heute hat wirklich Spaß gemacht. Nur wenn ich groß rauskomme, kann ich künftig solchen Leuten wie diesem GHG-Mann wirklich die kalte Schulter zeigen.

Aber da müßte die Intendanz doch ein bißchen mitspielen, und wer weiß, ob nicht sogar der Chef bei denen von der neugierigen Firma beteiligt ist.

Und wenn ich das einfach mal ausprobiere? Frech morgen nach der Probe zu ihm ins Allerheiligste und um Urlaub für einen Tag nach Berlin gebeten? Ich muß zum Ministerium, klar. Am Freitag wäre ich spielfrei, auf der Probe könnte man mich wohl mal verschmerzen, es ist immer einer da zum Markieren, ich bin doch selber so und so oft für einen anderen Kollegen eingesprungen.

Frau Blasewitz hatte ihm noch einen Kaffee aufgebrüht und sorglich unter die Haube gestellt. Unbezahlbar diese Frau, dachte er. Man hatte ihm schon so und so oft empfohlen, doch endlich das möblierte Dasein aufzugeben und sich eine eigene Wohnung einzurichten; aber würde er es je wieder so gemütlich haben wie hier? Zu einer Wohnung gehört eine Frau, und damit hatte es bei ihm bisher nie geklappt, trotz seiner inzwischen fünfunddreißig Lenze. Wahrscheinlich war er zu anspruchsvoll, fand bei jeder Bekanntschaft bald die schwachen Stellen heraus, die ihm nicht gefielen, und er schreckte zurück. Als ob es jemals irgendwo eine wirklich vollkommene Frau gegeben hätte. Den vollkommenen Mann gibt es ja auch nicht.

Er griff sich ein Buch aus dem Wandbord, legte sich aufs Bett und las. Zum Schlafen war er trotz dieses abwechslungsreichen Tages noch nicht müde genug. Die Wanduhr tickte, jetzt empfand er sie nicht mehr als störend.

VII.

Der brave Bürger wird amtlich

Im Vorzimmer beim Chef saß ein unbekannter junger Mann, der sich nervös die Hände knetete. Er sprang auch sogleich auf, als ihn die Sekretärin ins Allerheiligste bat. „Hochverehrter Herr Intendant“, hörte Drente ihn posaunen. Erstaunt sah er die Frau an. Die lachte in sich hinein. „Was tut man nicht alles, wenn man unbedingt zum Theater will“, sagte sie schulterzuckend. Ach ja, dachte Herr Drente, das Theater, das schwebt so manchem als Gipfel hoch unter den Sternen vor, den zu erklimmen das Höchste sein muß, was einem ein Künstlerleben bringen kann. Wer auf diesem Gipfel ist, der weiß, daß man wieder ganz brav im Keller anzufangen hat, es sei denn, jemand ebnet einem geheime Nebenwege, doch das ist ja wohl überall im Leben so.

Drente schaute sich um. An den Wänden Szenenfotos und Plakate vergangener Inszenierungen, an den Fenstern Kakteen. Man umgibt sich hier schon rein äußerlich mit Stacheln. Ist das Absicht? Ein diskreter Hinweis für jeden Besucher? Na, gleichviel, ich werde dem hochverehrten Herrn Intendanten wie immer ganz kollegial und sachlich begegnen, dachte er. Die Stille in diesem Raum war erdrückend. Die Sekretärin blätterte so behutsam ihre Papiere durch, als fürchtete sie, schon ein leises Rascheln könnte sich nebenan als störend erweisen. Wäre es eine Blasphemie, jetzt mit ihr zu plaudern? Aber sie sah nicht so aus, als ob sie auf ein Gespräch wartete.

Endlich öffnete sich die Tür wieder, und der junge Mann kam hochroten Gesichts heraus. „Bittesehr, Kollege!" hieß es von drinnen. Im Chefzimmer standen die Fenster offen, Straßenbahngeräusche drangen herein. Der Intendant kam seinem Besucher entgegen. „Das war ein begabter junger Laienspieler", sagte er erklärend. „Er möchte zur Schauspielschule empfohlen werden. Irgendwie haben wir alle mal so angefangen, Sie nicht auch?"

„Aber sicher."

„Na, und Sie, Kollege Drente? Man hört tolle Sachen von Ihnen. Sie geben dem Schreiber Licht ganz neue Dimensionen, heißt es, und das glücklich in der soundsovielten Vorstellung? Gratuliere."

War das ehrlich oder doch wieder mehr ironisch gemeint?

„Entschuldigen Sie", sagte Drente, „ich bin einer augenblicklichen Eingebung nachgegangen."

Er setzte sich in den angebotenen Besuchersessel, schlug die Beine übereinander und sah den Chef an. Der war ihm eigentlich nicht unsympatisch, er hatte ihn bisher nur immer als reichlich kühl und betont herrisch erlebt. Wenn er gar Regie führte, fand er ihn beinahe unausstehlich mit seiner ewigen Rechthaberei. Heute wirkte er gelockerter, schaute beinahe freundlich über seine randlose Brille hinweg. „Nun?" fragte er, „Etwas Besonderes?"

„Ich brauche ein oder zwei freie Tage", sagte Herr Drente.

„Hätte sich das nicht im Besetzungsbüro erledigen lassen?"

„Ich meine, Sie sollten das wissen, Herr Intendant. Ich möchte mal nach Berlin."

„Doch nicht etwa zum Vorsprechen beim Deutschen Theater oder bei Brechts Ensemble?"

„Nein, beim Innenministerium."

Der Intendant lachte auf, „Nun sagen Sie bloß, Sie wollen wirklich ernst damit machen", rief er. „Ich habe davon gehört; aber das war doch wohl mehr ein Jux, oder?"

Drente schüttelte den Kopf. „Ganz und gar nicht“, erwiderte er. „Meine in Paris wohnende Tante hat mich eingeladen, sie zu besuchen. Warum sollte ich das in den Theaterferien nicht mal tun? Es kann doch nur nützen, wenn man bestrebt ist, seinen Horizont zu erweitern.“

„Aber Sie kennen doch die Verhältnisse“, warf der Intendant ein. „Das ist doch nicht so, als wollten sie mal kurz nach Weimar oder Dresden. In Ihrem Falle gibt es eingehende Bestimmungen. Sie zählen nicht als Reisekader, warum sollte man also bei Ihnen eine Ausnahme machen?“

„Ich sehe das gar nicht als Ausnahme“, beharrte Drente. „Ist Ihnen, Herr Kollege Intendant, ein Gesetz geläufig, das dem Bürger unseres Landes solche Reisen verbietet? Nein, das gibt es nämlich nicht. Es liegt also im Ermessen unserer Verwaltungen, ein Visum zu erteilen oder nicht. Man wägt ab, und will man die Verantwortung allein nicht tragen, weist man den Antragsteller an die nächsthöhere Instanz. Bei mir ist das Innenministerium nun schon die fünfte, aber irgendwann muß och mal die Spitze der Pyramide erreicht sein, nicht wahr?“

Der Intendant stand auf und schloß die Fenster, dann ging er kopfschüttelnd hin und her. „Lieber Kollege“, sagte er lachend, „was Sie da vorhaben, ist ja ein echtes Abenteuer.

„Ich weiß.“

„Sparen Sie sich das Fahrgeld.“ Der Chef saß schon wieder, er wirkte jetzt beinahe väterlich. „Glauben Sie mir“, fuhr er fort, „man wird Sie nicht lassen. Sie haben keine Familie, es hält Sie also nichts. Das legt doch aber sogleich die Vermutung auf einen totalen Tapetenwechsel nahe. Man wird glauben, Sie wollen auf diese gerissene Weise unserer Republik den Rücken kehren. Das müssen Sie sich doch wohl selber sagen.“

„Sie könnten mir eine Befürwortung mitgeben.“

„Wo denken Sie hin!“ Der Intendant hob abwehrend die Hände. „Was weiß denn ich, was Sie unterwegs erleben, mit wem Sie zusammenkommen? Vielleicht treffen Sie auf entscheidende Leute, Einladung nach Hollywood, das Leben spielt mitunter verrückt. Und ich stehe dann da und habe Ihnen sozusagen die Tür dazu aufgemacht. Da käme ich ja in Teufels Küche!“

Drente lachte. „Sie haben recht“, sagte er. „Es ist wirklich ein echtes Abenteuer. Vielleicht bringe ich Ihnen schon von Berlin den Vorwurf zu einer neuen Komödie mit. Die Abenteuer des braven Bürgers Drente. Der Programmknüller für die kommende Spielzeit, na?“

„Das lassen Sie besser sein", mahnte der Chef. „Unsere Dienststellen verstehen bei so etwas keinen Spaß. Und das ist auch gut so. Verwaltung ohne Autorität ist so etwas wie halbe Anarchie, und das wollen wir doch wohl beide nicht, oder?"

„Glauben Sie wirklich, ein Komödiant könnte mit einer Farce der Autorität unseres Staates schaden?" fragte Drente. „Aber, Herr Intendant. Den halte ich doch für ein bißchen robuster. Meinen Sie nicht auch?"

Er erhielt keine Antwort. Der Intendant wirkte auf einmal ganz amtlich, er räusperte sich, stand auf und ging zu seinem Schreibtisch zurück. Jetzt wird er wieder denken, er sei der Chef eines Irrenhauses, dachte Drente. Nun werde ich also die offizielle Antwort erfahren.

„Kurz und gut, Kollege", hörte er, „mit einer Befürwortung des Hauses können Sie bei Ihrem Vorhaben keinesfalls rechnen. Wenn Sie nun trotzdem zum Ministerium fahren wollen, bitte sehr, regeln Sie Ihren Urlaub mit dem Büro. Wenn ich Ihnen allerdings noch eine Rat geben darf, das Fahrgeld würden Sie sich besser sparen."

„Dann darf ich mich verabschieden. Entschuldigen Sie bitte die Störung."

So, das wäre getan, und nun wollen wir gleich mal ins Büro und den Urlaub perfekt machen. Der Chef ist einverstanden – wenn auch mit Vorbehalt, das war zu erwarten – aber sonst dürfte es nun kaum noch Schwierigkeiten geben, und die fünfte Instanz ist fällig.

Es lief auch wirklich zunächst alles glatt. Man fand für die kommende Woche zwei Tage, wo Herr Drente hier absolut entbehrlich war. Er rüstete sich also zur Fahrt in die Hauptstadt, unterrichtete Frau Blasewitz, ließ sich extra noch einmal die Haare schneiden und holte den kleinen Koffer vom Schrank. Wenn seine Mission nicht gleich beim ersten Anlauf von Erfolg gekrönt war und er einen weiteren Tag für weitere Instanzen benötigte, würde er übernachten müssen. Er wußte zwar nicht wo, doch wozu gab es an jedem Fernbahnhof einen Zimmerdienst?

Eigentlich sah er dem Kommenden ganz gelassen entgegen, doch wer sich auf Abenteuer einläßt, muß immer mit Überraschungen rechnen, so auch Herr Drente. Als er zwei Tage später vormittags zur Probe kam, stürzte im Gang Regisseur Schneider auf ihn los und sagte hastig: „Gut, daß du da bist, Helmut, du mußt als Aljoscha im 'Nachtasyl' einspringen, nicht weiter schlimm, das hast du bestimmt schon gespielt. Wir machen noch zwei Verständigungsproben mit dir."

„Moment mal", sagte Drente, „'Nachtasyl'? Das läuft doch am Dienstag."

„Ja, du hast noch genügend Zeit."

„Bedaure, das geht nicht, mein Lieber, da habe ich Urlaub und fahre nach Berlin."

„Unmöglich, Helmut! Du bist der Einzige, der frei ist. Dein Urlaub wird verschoben."

„Zum Donnerwetter, ihr könnt doch nicht einfach... Und überhaupt, Aljoscha? Wieso muß da so plötzlich jemand einspringen?"

Der Regisseur kam näher. „Wendelin ist verschwunden", raunte er.

„Verschwunden? Das gibt's doch nicht!"

„Ja, keiner weiß, warum und wohin. Einfach weg, seit vorgestern abend schon. Alles stehen und liegen gelassen, kein Zettel, nichts. Keiner weiß was. – Na ja, das ist nicht unsere Sache. Jedenfalls muß am Dienstag das 'Nachlasyl' über die Bühne gehen, mach was, Helmut. Mann, du bist lange genug beim Bau und weißt, wie es hier läuft. Im Haus kann passieren, was will, nur das Publikum darf nichts davon merken."

Ein freundschaftlicher Schlag noch auf die Schulter, kehrt und weg, und Herr Drente stand da, allein im Flur, und plötzlich war alles andere unwichtig geworden. Wendelin ist weg! Was heißt das? Das kann sonstwas bedeuten. Haben sie ihn abgeholt? Hat es etwa die einfache Denunziation, von der er sprach, schon gegeben?

Oder hat dieser ruhige, zurückhaltende Kollege gewagt, schwarz über die Grenze zu gehen? Mehr als ungewiß. Oder sollte er etwa... von der Brücke? – Nein! – Seine Verzweiflung war echt gewesen, als er zu mir kam, ohne jeden Zweifel. Und ich habe nichts weiter für ihn gehabt, als den Ratschlag, die Sache mit seiner Partei zu regeln.

Und wenn die ihm dort bei der Bezirksleitung auch nichts weiter zu bieten hatten als verlegenes Schulterzucken? Das weiß doch jeder, vor den Toren der sowjetischen Freunde muß alles halt machen. In so einem Falle sind wir doch nur so etwas wie das Kolonialvolk vor seinen Kolonisatoren. Ich habe menschlich versagt, dachte Herr Drente. Wendelin hatte zu mir Vertrauen gefaßt, ist gekommen, seine Sorge einem Menschen mitzuteilen, von dem er annahm, bei ihm, Gehör, Verständnis und schließlich auch Hilfe zu erfahren. Und ich war auch nur so wie alle anderen: Mensch, laß mich doch um Himmels Willen mit so etwas zufrieden!

Ich habe versagt! Ich weiß zwar nicht, wie ich ihm hätte wirklich helfen können, aber trotzdem, wie komme ich jetzt aus dieser zermürbenden Selbstanklage wieder raus? Weiß ich, ob ich nicht eines Tages vor ebensolchen Abgründen stehe wie er? Ich habe doch keine Ahnung, ob mich die GHG jetzt in Ruhe läßt. Und was wird mir die Fahrt nach Berlin einbringen? Vielleicht kommt es da noch ganz dick. Wie werde ich mich denn verhalten, wenn ich in so eine Zwickmühle gerate wie Wendelin. Sollte ich die ganze Sache nicht kurzerhand aufgeben?

Stimmen und Schritte näherten sich auf dem Gang. Jetzt will ich keinen Menschen sehen, dachte er und ging ins Kasino. An der Theke ließ er sich einen doppelten Kognak geben.

„So früh schon saufen?“ wurde er gefragt. „Oder ist irgendein Kummer zu ertränken?“

„Wendelin ist weg“, sagte er und goß sich den Schnaps mit einem Ruck in die Kehle.

„Ja, sowas kommt vor heutzutage. Noch einen?“

„Noch einen!“

Man muß es öffentlich machen, dachte er, als er zur Probebühne ging. Alle müssen es wissen, und mein Herr Berichterstatter soll jetzt seine GHG verständigen können, daß der observierte Herr Drente wirklich schon am hellen Vormittag einen hinter die Binde kippt und dann tatsächlich über alles quatscht, was ihm an vertraut wurde. Man muß es auf die Spitze treiben, verdammt noch mal!

„Wie siehst du denn aus?“ wurde er gefragt.

Er hob hilflos die Hände. „Wendelin ist verschwunden“, sagte er. „Keine nebensächliche Sache, o nein. Der sowjetische Geheimdienst hatte ihn in der Mangel. Er sollte für sie arbeiten, das hat ihn ganz fertig gemacht, versteht ihr jetzt?“

Es war totenstill im Raum, hilflose Blicke und Schulterzucken; aber was hätte man auch dazu sagen wollen? Man war doch insgeheim froh, daß man nicht selbst in solchem Dilemma steckte. Aber konnte man wissen, ob dort nicht schon längst nach einem neuen Opfer Ausschau gehalten wurde?

VIII.

Angriff auf die nächste Instanz

Den Aljoscha bewältigte Herr Drente sozusagen im Schlaf. Er wurde nur den Gedanken nicht los, daß er hier an Stelle seines Kollegen Wendelin stand, von dem man noch immer keine Nachricht hatte. Wenn er doch eine Karte aus Hannover oder von sonstwoher schicken würde, dachte er, das wäre doch immer noch besser als irgendwo hinter Gittern oder noch Schlimmeres. Er hatte schon immer Verschollensein als die schlimmste Ungewißheit empfunden; denn daheim gab es das Beispiel des Vaters, der im Kriege spurlos in Rußland untergegangen war wie so viele. Die Mutter hatte das nie überwunden und war wohl auch deshalb so früh gewelkt.

Auf der Fahrt nach Berlin beschäftigte ihn das wieder ganz stark, fuhr er doch irgendwie seiner Kindheit entgegen. Berlin, das war einmal das Zuhause gewesen, die Heimat, zumindet bis zu jenem Tag, da sie durch das Kellerfenster aus dem brennenden Haus gekrochen waren, zwei gerettete Koffer als einzige Habe.

Fort, nur fort aus dieser Stadt, diesem Moloch, der die Menschen wegfraß im eigenen Feuer. Er war nie wieder dorthin zurückgekehrt.

Nun also nach etlichen Jahren erneut dort hin, was jetzt nur noch eine halbe Hauptstadt war. Er beschloß, seinen Besuch zu nutzen und sich ein wenig umzusehen, ob da vielleicht noch dies und das an sein verlorenes Damals erinnern würde. Die Fahrt erschien ihm recht eintönig. Von den Mitreisenden im Abteil versuchte keiner ein Gespräch, die am Bahnhof gekaufte Zeitung war bald ausgelesen, und man kann auch nicht immer bloß zum Fenster hinausschauen.

Die Stadt gab sich dann ebenso quirlig, wie er sie in Erinnerung hatte, doch in den Ämtern hier war alles noch geregelter als daheim. Erst kam er ewig nicht aus der Anmeldung des Ministeriums heraus. Da er den Namen des zuständigen Sachbearbeiters nicht kannte, rätselte man dort zunächst, wohin er denn nun eigentlich gehörte. Seine genauen Absichten gedachte er ohnehin nicht jedem erstbesten Pförtner auf die Nase zu binden.

Endlich erreichte er die unterste Stufe, die für solche Leute in diesem Hause geeignet erschien. Die dort sitzende Dame hörte ihn ruhig an. Sie hatte zu seiner Angelegenheit gar keine eigene Meinung, nickte nur dann und wann weise und schickte ihn zuletzt ein Zimmer weiter, wo die ganze Sache wieder von vorn begann.

Herr Drente gab seine Vorstellung noch in mehreren Zimmern, seinen Text wußte er inzwischen schon auswendig, kannte allmählich auch die leisen Bedenken und die ernsthafteren Zweifel, die vor ihm aufgetischt wurden, so daß er um keine Antwort verlegen war. Er begriff, daß er sich wirklich als erster Mensch mit einem derartigen Anliegen auf die Instanzenleiter gewagt hatte. Nun hieß es, entweder Augen zu und abspringen oder tapfer weiter Sprosse um Sprosse hochzuklimmen in der Hoffnung, nun aber wirklich irgendwann das obere Ende zu erreichen.

Zunächst gebot ihm die Mittagspause Halt. Pausen sind nach innerbetrieblichen Gesetzen geregelt, die durchbricht man nicht, auch wenn man von noch so weither angereist ist. Herr Drente hatte aber insofern Glück, als er zu diesem Zeitpunkt gerade einem äußerst freundlichen Menschen gegenübersaß, der ihm die Möglichkeit eröffnete, in diesem Hause ein Mittagessen einnehmen zu können.

Er nahm das dankbar an. Sie gingen nebeneinander die Treppe hinunter. Er überlegte, ob ihr Ziel in diesem hochwichtigen Gebäude nun Kasino oder Kantine oder vielleicht gar Ministerialrestaurant hieß, wollte seinen Begleiter aber nicht danach fragen.

Als er nach seinem Essen anstand, sah er hinter der Scheibe des Tresens verschiedenes Obst und – er mußte zweimal hinschauen – tatsächlich, Bananen! Wurden die hier einfach so verkauft? Am Tisch erkundigte er sich vorsichtig, ob denn er als Gast hier auch einkaufen dürfte. Sein Gegenüber schaute ihn verblüfft an.

„Ja", meinte der Mann ungläubig, „gibt es bei Ihnen denn so etwas nicht?"

„Gelegentlich", antwortete Herr Drente, „Bananen auf Zuteilung, vor Weihnachten oder so."

Der andere schüttelte verwundert den Kopf. Großer Himmel, dachte Drente, die hier haben anscheinend gar keine Ahnung, wie es in der Provinz aussieht. Man stelle sich vor, bei uns im Kasino Bananen, das ist ja utopisch. Und hier liegen die einfach so aus, und die Leute reißen sich nicht darum? So betrachtet, trennen uns von denen hier Welten.

Er kaufte also ein paar Kilo, und keiner fand etwas dabei. Frau Blasewitz wird sich freuen, dachte er, na und die Kollegen erst, die werden denken, ich will ihnen einen Bären aufbinden, und dabei bin ich doch ein so ehrlicher Mensch. Ich erfinde bloß Märchen, wenn ich mal nach Paris reisen will. Aber eigentlich – ja zum Kuckuck – eigentlich ist auch das kein Märchen, sondern greifbare, nackte Wirklichkeit.

Nach dem Mittagessen befand er sich dann wieder auf der Leiter, und so gegen fünfzehn Uhr hatte er nun tatsächlich die Spitze jener Pyramide erreicht, an der er schon seit etlichen Tagen hinaufklomm. Der betreffende Staatssekretär – oder was auch immer – zeigte sich verwundert, daß dieser Provinzschauspieler, den doch hier keine Menschenseele kannte, bis in seine Höhen vorgedrungen war. Das legte irgendwie den Verdacht auf bedeutende Protektion nahe; denn hier oben entschied man ansonsten staatswichtige Angelegenheiten und keine solchen Lappalien.

Der große Mann war sichtlich verwirrt. Er hätte natürlich sagen können: Zum Donnerwetter, kann denn das nicht die Abteilung XYZ erledigen? Sind die Genossen dort nicht in der Lage..? Aber nein, ein Mensch in dieser Höhe wird nicht vor einem Fremden, der noch dazu protektioniert zu sein scheint, offenbare Mängel des Hauses ansprechen. Aber – ja richtig – ein verheißungsvoller Hoffnungsschimmer glomm auf seinem Gesicht. Dieser Mensch da ist Schauspieler, also einer von der Kultur, also kann man, ohne an Würde zu verlieren, die Zuständigkeit erst einmal weit von sich weisen.

„In Ihrem Falle, Herr äh – Drente, benötigen wir die unbedingte Zustimmung des Kulturministeriums. Ich muß Sie also bitten, sich dorthin zu wenden."

Kurz und bündig also, und nachdem der Besucher aus dem Zimmer war, ging per Telefon ein gehöriger Rüffel nach unten, ob man denn nicht wisse, daß bei einem Kulturschaffenden ganz eindeutig der Molkenmarkt zuständig wäre. Wenn die Genossen dort die Verantwortung übernehmen, dann – aber wirklich nur dann – und er möchte künftig – und überhaupt – und so weiter.

Herr Drente trabte also zum Molkenmarkt. Dort trat er nun allerdings schon als Abgesandter des Staatssekretärs Soundso auf, weshalb man ihn sehr höflich und sichtlich bedauernd mitteilte, der hierfür zuständige Genosse wäre heute leider auf einer Tagung, aber man würde den Besucher gern für morgen Vormittag gegen neun Uhr dreißig, wenn es recht wäre, vormerken. Es war recht.

Beim Weggehen empfand Herr Drente, wie sehr seine Bedeutung gewachsen war, seit er die Luft an der Spitze der Instanzenpyramide geatmet hatte. Jetzt stand sein Name in einem kulturell hochwichtigen Terminkalender, und vor dem Schreibtisch, auf dem jener Kalender lag, würde er morgen gegen neun Uhr dreißig ausgeruht und mit frischem Elan seinen Kampf fortsetzen. Gut, daß er gleich zwei Tage freigenommen hatte, seine Vermutung, daß man solche Höhen nicht in wenigen Stunden bezwingt, war also durchaus richtig gewesen.

Nun gehörte ihm Berlin für den Rest des Nachmittags und des Abends. Bei der Zimmervermittlung am Bahnhof Friedrichstraße gab man ihm einen Schein für ein Privatquartier bei Frau Kettler in der Albrechtstraße ganz in der Nähe. Er trug also seinen Koffer und den Bananenbeutel dort hin. Eine freundliche ältere Frau mit unverkennbar ostpreußisch gefärbter Sprechweise öffnete ihm ein bescheidenes Flurstübchen, in das er sich augenblicklich verliebte. Dieses Quartier sollte man sich für eventuelle weitere Besuche in der Hauptstadt der Republik vormerken.

Danach fuhr er mit der S-Bahn nach Karlshorst, schlenderte die Straße entlang, die er einst als Pennäler so oft marschiert war. Er fand wirklich manche Erinnerung wieder, stand endlich vor jenem achtunggebietenden Steinkoloß, in dem er einmal die Grundlagen seines Wissens erwerben durfte. Aus der einstigen Oberschule war allerdings inzwischen die Hochschule für Planökonomie geworden, was Herrn Drente aber nicht abhielt, sich in einer Gruppe von Studenten ungehindert an den gestrengen Augen des Hochschulzerberus vorbei ins Innere zu schmuggeln. Welch herrliches Gefühl!

Der einstige Schulhof hatte sich in eine Grünanlage verwandelt. Drente fand auf Anhieb den richtigen Weg ins Haus, schaute sich mit einiger Wehmut auf den Gängen um. Dort drüben hatten wir Bio, da Physik, und dann oben die Aula, alles ist noch vorhanden, ganz so, als wäre ich gestern erst von hier weg und könnte nun ungehindert die mittlere Reife und das Abitur nachmachen, was mir seinerzeit der Krieg und sein turbulentes Ende verdorben haben.

Kommt nicht einer von unseren Paukern über die Treppe? Der alte Toldi oder Strohhengst oder Qualle? Herrliche Spitznamen trugen sie doch. Was ich ihnen verdanke, habe ich erst viel später begriffen. Hach, dort, unsere Klassentür, wo wir die Schilder vertauscht hatten, und Korke, oder wer auch immer, statt zu uns herein in die gegenüberliegende Knabentoilette sauste.

Nun, mein lieber Toldi, und wenn es jetzt klappt mit meiner Reise, und es wird klappen, dann werde ich alles hervorkramen, was ich bei dir im Französischunterricht gelernt habe, und ich hoffe, daß man mich in Paris versteht und ich auch genauso mitkriege, was man mir dort erzählen wird.

Der Gedanke an die Reise brachte Herrn Drente in die Gegenwart zurück. Genug der Nostalgie! Jetzt regiert wieder das wirkliche Leben, und das verlangt anderes als aufgewärmte Erinnerungen. Nein, ich will auch nicht da vorbeigehen, wo unser Haus gestanden hat. Das gilt alles nicht mehr.

Er speiste ganz bescheiden zu Abend in der Mitropagaststätte am Bahnhof Friedrichstraße, Roastbeef mit Remoulade und Röstkartoffeln, dazu ein großes Bier, dann versuchte er sein Glück an der Kasse des Schiffbauerdamm-Theaters und bekam auch wirklich noch eine Karte für den „Arturo Ui", dargeboten von Brechts Berliner Ensemble, und er bereute den Besuch nicht einen Augenblick lang. Anschließend ging er zufrieden ins nahegelegene Gästezimmer der Frau Kettler und schlief fest und traumlos – ein Mensch, den im Augenblick nichts belastete.

Früh servierte ihm die Wirtin einen guten Kaffee mit krachfrischen Brötchen, danach begab sich Herr Drente ins Kulturministerium, fest entschlossen, all sein schauspielerisches Talent aufzubieten, um am Ende dieses Haus als Sieger verlassen zu können. Die mehr als kühle Vorzimmerdame bot ihm zwar einen Stuhl an, gab ihm aber gleichzeitig zu verstehen, daß ihr Gebieter momentan anderweitig im Hause wäre und sie nicht wüßte, wann... Danach kein Wort weiter. Der Besucher schien ihr das wohl nicht wert zu sein.

Das änderte sich indessen schlagartig, als jäh die Tür aufging und ein vierschrötiger, betont gut gekleideter Mensch hereinbrach und jovial ausrief: „Na, Schneiderchen? Was Neues?" Er blickte Herrn Drente an, seine Augen weiteten, die Arme breiteten sich, dazu der erstaunte Ausruf: „Helmut! Das bist ja du!" Drente stand verwundert auf, musterte das Gesicht. „Kutte?"

„Aber ja doch, komm rein, alter Blutsbruder! Schneiderchen, zwei Kaffee, bitte!"

Tatsächlich, Kutte Gabler, der Kumpel aus der Schauspielschule, rundgefressen, selbstsicher, hier im Ministerium an bedeutender Stelle – was doch manche Leute so für Karrieren bewältigen! Sie saßen sich gegenüber in eleganten Sesseln, die Fragen übersprudelten den Gast wie ein Wasserfall. So, ein Engagement da draußen im Stadttheater, also doch wohl ein bißchen im Abseits, oder? – Trotzdem zufrieden? Na ja, einer so, der andere anders. Schließlich die entscheidende Frage: „Und was führt dich jetzt zu mir?"

Herr Drente schaltete um auf sachlich. Er wurde nur durch die Vorzimmerdame unterbrochen, die mit dem Kaffee hereinschwebte und ihn superlächelnd servierte. Dann aber weiter bis zu Ende, und nun? – Nichts? – Kutte Gabler grinste nur, hob die Tasse und schlürfte genüßlich. Endlich sagte er: „Du bist doch immer noch derselbe alte Filou!"

„Schon möglich“, meine Drente. „Aber ist das alles, was du mir zu sagen hast?“

Der Kumpel rückte näher. „Mal ehrlich“, sagte er und zwinkerte. „Wir sind hier ganz unter uns. Willst du ins Engagement nach drüben abrücken?“

„Kein Gedanke!“

„Was denn, bloß so, einmal Paris und zurück?“

„Einmal Paris und zurück. Würdest du das nicht auch gerne mal?“

„Ich bin Reisekader, ich fahre überallhin, wo es nötig wird.“

„Siehst du.“ Drente gab sich jetzt ganz ernst. „Ich bin kein Reisekader; aber ich möchte gern mal da hin. Ich wurde eingeladen, was wünscht man sich mehr? Menschen kennenlernen, fotografieren – ich mache Dias für den Kulturbund, mußt du wissen. Und ich habe ein Engagement. Glaubst du, Theater ist drüben so viel anders als hier? – Na ja, du hast das Spielen aufgegeben, chacun à son gout, also begreif mich richtig, Kutte, meine Bitte muß dir arg klein erscheinen; aber ich brauche dein Amen für das Innenministerium, und ich verspreche dir mit allem Ernst unserer alten Freundschaft, daß ich mich bei dir persönlich zurückmelde und dir Bericht erstatte.“

„Zunächst wirst du heute abend bei mir zu Gast sein, wir trinken eine Flasche Rotspon und quatschen von früher.“

„Bedaure, ich habe morgen vormittag Probe und muß noch heute zurück.“

„Das läßt sich doch regeln!“ Der Gastgeber sprang auf und nahm den Telefonhörer auf. „Schneiderchen, ganz schnell ein Gespräch mit der Intendanz...“

Ist denn das möglich? Herr Drente lag im Sessel wie erschlagen. Da wird plötzlich ein Füllhorn über mir ausgeschüttet. Der Kutte sitzt hier, sozusagen direkt am Hebel, jetzt redet er mit dem Intendanten. Das Gesicht vom Chef möchte ich sehen. Na, Leute, das Kulturministerium benötigt das Würstchen Drente aus der Provinz noch für heute abend, ein Empfang sozusagen, also wird erst morgen Vormittag gereist, ist das klar? Zur Vorstellung ist er zurück, der bescheidene Provinzmime und – das muß ja hier nun nicht extra ausgesprochen werden Herr Intendant – künftig wird wohl auch ein bißchen mehr drin sein für diesen wichtigen Menschen als bloß der Derwisch und der alte Luccani und ein gelegentliches Einspringen als Aljoscha und so, gelle?

„Na, also, mein Lieber, das wäre geregelt!“ Der alte Kumpel kam lachend in seinen Sessel zurück. „Und jetzt wollen wir mal die Sache mit Deinem Visum anpacken, das sind zwei Telefongespräche und ein Papierchen, paß mal auf!“

IX.

Der brave Bürger auf der Woge des Glücks.

Herr Drente erhielt an diesem Tage einen greifbaren Anschauungsunterricht über das, was in dieser Welt möglich ist, wenn man die richtigen Verbindungen hat. Ihm kam der alte Witz in den Sinn, wonach bei uns die Todesstrafe abgeschafft und durch den Urteilsspruch ersetzt wurde: Der Delinquent muß drei Jahre lang ohne alle Beziehungen bei uns leben, dann ist er von ganz alleine erschossen. Was wird immer behauptet? Amerika sei das Land der unbegrenzten Möglichkeiten? Weit gefehlt! Das Land der unbegrenzten Möglichkeiten ist eindeutig unser so oft zitierter Arbeiter- und Bauernstaat, man muß nur wissen wie und dazu die notwendigen Verbindungen kennen und nutzen.

Es gab wirklich nur noch zwei Telefongespräche, dann mußte Schneiderchen wacker tippen, der alte Kumpel drückte einen Stempel aufs Papier und seine schwungvolle Unterschrift, und Herr Drente begab sich nun per Dienstwagen – versteht sich – zurück ins Innenministerium, wo sich vor ihm alle Türen öffneten so wie einstens Aladins Berg nach dem „Sesam-öffne-dich!", und in erstaunlich kurzer Zeit hatte er dann seinen Paß zurück. Drinnen prangte ein frisches Visum, und weiter ging die Fahrt in der Nobelkutsche zur Botschaft der französischen Republik. Selbst dort schien man längst Bescheid zu wissen; denn es lief erstaunlich rasch mit einem zweiten Stempel, und Herr Drente wurde mit einem freundlichen „Bon voyage, monsieur!" entlassen, was er gekonnt mit „Merci bien, monsieur!" beantwortete. Nun also war er im Besitz eines ganz bedeutenden Dokuments, für das manch einer hierzulande sein Hab und Gut hingegeben hätte, seit Mauer und Stacheldraht die Unendlichkeit der Welt so klein gemacht hatten.

Er speiste im Restaurant „Moskwa" auf Russisch, nahm auch noch einen doppelten Wodka dazu und bummelte sich dann durch den Nachmittag wie ein Globetrotter, der sich auf seiner diesjährigen Weltreise mal wieder irgendwo in irgendeiner fremden Großstadt umschaut. Hätte es in Berlin so etwas wie Rikschas gegeben, Herr Drente wäre nicht abgeneigt gewesen, sich darin eine Stunde lang umherschaukeln zu lassen.

Frau Kettler, seine Quartierwirtin, freute sich, ihn noch eine weitere Nacht bei sich beherbergen zu können. Er stand dann ratlos vor seinem Koffer und bedauerte, nicht noch etwas bessere Kleidung eingepackt zu haben; aber wer konnte denn ahnen, daß in Berlin eine Abendeinladung auf ihn wartete. Endlich beschloß er, sich wenigstens noch nach einem neuen Schlips und einigen Blumen für die Hausfrau umzusehen, und er hatte auch hierbei Glück. An einem solchen Tag war das wohl auch nicht anders zu erwarten.

Pünktlich stand dann wieder der Dienstwagen vor der Tür. In der so bescheidenen Albrechtstraße erregte das Fahrzeug einige Verwunderung, und Frau Kettler spähte durch die Gardine, glücklich darüber, daß bei ihr so bedeutende Leute Quartier bezogen und sich dann auch noch so freundlich gaben wie dieser Herr Drente. Der Anmeldezettel hatte ihr wohl verraten, daß es sich um einen Schauspieler handelte, und hier lagen ja die Theater in allernächster Nähe.

Berlin ist klein, wenn man das entsprechende Auto fährt. Am Ziel angekommen, empfing Herrn Drente die vierschrötige Loyalität seines alten Kumpels, die Ehefrau, eine überschlanke Blondine, nahm lächelnd den Blumenstrauß entgegen und wies den Gast zur nächsten Tür. Vorsichtig betrat Drente eine Art von Wohnhalle. Der Vergleich mit dem eigenen Domizil daheim in der Provinzstadt war für ihn etwas bedrückend. So unterschiedlich kann das Schicksal zwei Menschen bedenken, die einst nebeneinander in gleicher Position ihre Laufbahn begannen.

„Einen trockenen Sherry?" fragte der Gastgeber. Herr Drente nickte gelassen, als hätte er selbstverständlich bei sich daheim auch so etwas im Salon stehen.

„Prosit also, auf unsere alte Freundschaft, na und nun erzähl' mal, Bursche, wie ist es dir so ergangen, was macht die Kunst und sonst? Familie? Nein? Nicht mal verheiratet? Ja, ich entsinne mich, du konntest dich schon immer nie so recht entschließen – oder irre ich mich?"

Herr Drente spielte die Rolle des unbekümmerten, vielbeschäftigten Provinzmimen, der jede Aufgabe bewältigt, die ihm aufgetragen wird, nach der Vorstellung am Bühneneingang Autogramme gibt und gern hier und dort eingeladen wird. Familie hindert so einen, sich dem Beruf wirklich zu widmen. Natürlich geht man immer wieder Kompromisse ein, selten ist ein Part für den Darsteller genau zugeschnitten, es gibt Widersprüche zwischen Eigencharakter und Spiel, und man wirkt dann unter Umständen anders, als man in Wahrheit ist. Das mag Frauen irritieren.

„Aber wem erzähle ich das? Du bist selber vom Bau und weißt, wie es in unserem Beruf zugeht", schloß er seinen Bericht.

„Nicht so ganz, mein Lieber", sagte der Gastgeber. „Du mußt wissen, daß ich seinerzeit nach unserem Abschluß für ein großes Festspiel als Regieassistent und Rezitator engagiert wurde. Dort waren ein paar maßgebliche Genossen zugegen, denen ich auffiel. Das heißt, so wie du, festes Engagement, das habe ich eigentlich nie kennengelernt. Ich bin in die Kulturpolitik umgestiegen und habe das, ehrlich gesagt, auch nie bereut. Du entsinnst dich wohl, daß ich auf der Schauspielschule ohnehin mit etlichen Aufgaben nie so recht klargekommen bin, und was man nur unvollkommen beherrscht, das gibt man besser auf."

Das Gespräch plätscherte dann so dahin zwischen „Weißt-du-noch?" und „Wenn ich dir einen Rat geben darf..." endlich rief die Hausfrau zum Abendessen ins Nebenzimmer. Auch hier großbürgerliche Eleganz, gepaart mit Marx und Engels neben einer Kaminattrappe, auf dem Sims eine üppige Sammlung chinesischen Porzellans.

Der Gast mußte abermals Rede und Antwort stehen, auch hier hieß es wieder: „Was? Sie sind nicht verheiratet?"

„Komödiantenblut, meine Liebe", rief der Gastgeber. „Die Mädels vom Ballett brauchen schließlich auch ihre kleinen Freuden. Schwamm drüber! Der Kavalier genießt und schweigt, nicht wahr, Helmut?"

„Du sagst es."

Blablabla, dachte Herr Drente. Aber warum eigentlich nicht? Das muß auch mal sein. Das Abendessen ist exzellent – kein Vergleich zu Roastbeef mit Remouladensoße gestern – der Wein ist süffig, in der Tasche habe ich mein Visum, und das allein zählt. Die Kollegen vom Stadttheater werden Augen machen, wenn ich zurück bin. Ja, auch ein belangloses Leben hat mitunter seine Lichtpunkte, und dies hier ist einer, ohne Zweifel.

Später waren die beiden Männer wieder sich selbst überlassen, dann kamen noch zwei andere. Die Vorstellung hörte Drente nur halb, es war ihm auch egal, wer ihm da gegenübersaß. Er wurde jedenfalls als langjähriger Freund des Hauses bezeichnet, Schauspieler aus XYZ, das genügte, um ihn als völlig gleichgestellt auszuweisen. Nach einer Weile erschien es ihm auch ganz selbstverständlich, daß die drei vom Staatsratsvorsitzenden nur als Walter und vom Kulturminister ganz vertraut als Hans-Joachim sprachen. Es klang ebenso, wie ältere Studentensemester über ihre Dozenten reden.

So ist das also, dachte er, ich sitze vor unserer Welt von ganz oben und erblicke sozusagen durch den Türspalt einen Schein von jenem Glanz, der sich dahinter ausbreitet. Kein Wunder, daß man, geblendet von solchem Schimmer, kaum etwas von dem wahrnimmt, was sich irgendwo da unten, im Alltag tut. Ein wenig erschreckend der Gedanke, daß in solcher Fülle von Licht über das entschieden wird, was bei uns draußen Gültigkeit hat, sich dann mitunter ganz negativ auswirkt und die Menschen quält und verbittert.

Wenn ich auf der Stelle tauschen dürfte, überlegte er, würde ich da mein bisheriges Leben gegen das hier hingeben? Es wäre vermessen, diese Frage gleich mit nein zu beantworten, wer weist denn Annehmlichkeiten brüsk von sich? Aber ob ich hier glücklicher, zufriedener wäre, das möchte ich doch wohl bezweifeln. Bei Frau Blasewitz herrscht jedenfalls ganz entschieden mehr Wärme als hier in diesem Salon – trotz der glühenden Kaminattrappe zwischen Marx und Engels.

Es gab dann einen wortreichen Abschied mit dem üblichen „Laß dich mal wieder sehen, alter Freund!“ Und als sie sich zuletzt an der Tür die Hand gaben, fühlte Herr Drente, daß ihm ein Geldschein zugesteckt wurde. Er erschrak ein wenig, ihm fuhr durch den Kopf, daß er kein Bettler war und immerhin auch seinen Stolz hatte. Doch da er die Hand wieder vorstreckte, raunte ihm sein alter Kumpel zu: „Hab dich nicht so! Du brauchst doch auch was für unterwegs, Menschenskind. Nun hau schon ab!“

Im Treppenhaus ein rascher Blick in die Hand. Mann, fünfzig Westmark, alle Wetter! Herr Drente schwebte hinunter. Draußen stand wieder der treue Dienstwagen. Mit ihm ging es dann rascher, als es die Straßenverkehrsordnung eigentlich zuläßt, durch Berlin in die bescheidene, graue Albrechtstraße, wo ihn der Fahrer mit freundlichem Lächeln aussteigen ließ.

Oben in seinem Zimmer betrachtete Herr Drente kopfschüttelnd den Schein. Steckt mir eine Währung zu, die für uns eindeutig verboten ist, dachte er. Den muß ich bei der Ausreise gut verwahren, daß nicht irgendein subalterner Mensch vom Zoll drauf stößt. Die Geschichte glaubt mir doch ohnehin niemand.

Lange konnte er nicht einschlafen, er fühlte sich wie berauscht, doch von den drei oder vier Gläsern Wein konnte das kaum herrühren, er vertrug doch einiges mehr. Aber er hatte ja heute auch noch stärkere Sachen genossen und wußte nicht, ob diese für so ein simples Provinzwürstchen bekömmlich waren oder nicht: Wer vom Füllhorn des Glücks überschüttet wird, muß mit dessen Gaben fertigwerden und sich hochstemmen, sonst wird er erdrückt.

Plötzlich fiel ihm ein, er hätte doch mit Kutte Gabler, seinem alten Kumpel, eigentlich auch noch über die Versuche der Firma „Guck, Horch & Greif", ihn für sich einzufangen, reden können. Bloß mal so und dann um einen Rat gebeten. Wäre doch interessant gewesen, mal die Meinung eines solchen Mannes zu hören, vielleicht auch ein paar Tips von ihm zu erhalten. Endlich sackte er dann weg in den Schlaf.

Morgens klopfte Frau Kettler energisch an die Tür. Ein Glück, er hätte es sonst bestimmt verschlafen. Dafür lobte er dann mehrmals die Güte dieses Quartiers, versprach, die freundliche Wirtin weiterhin zu empfehlen und auch selber natürlich wieder bei ihr vorzusprechen, falls er wieder einmal in die Hauptstadt kommen würde. Im Strom der zur Arbeit drängenden Berliner fuhr er dann zum Ostbahnhof, erstand an einem Kiosk noch eine Zeitschrift und stand dann noch zehn Minuten auf dem Bahnsteig. Endlich lief langsam der Zug ein.

Als er im Abteil saß und aus dem Fenster blickte, sah er genau gegenüber ein Transparent, eines der üblichen Zaubersprüchlein, wie sie seit Jahren im Lande angemalt und aufgehängt wurden. „Es lebe die ewige Freundschaft zur Sowjetunion!" las er. Natürlich soll sie leben, überlegte er, Freundschaft ist immer gut – aber ewig? Dieses Wort sollte doch eigentlich nur die Kirche gebrauchen. Aber sonst? Was ist denn ewig? Gibt es das für uns Menschen überhaupt? Eines Tages wird die Sonne die Erde verschlingen, spätestens dann ist alles, was Menschen geschaffen und erdacht haben, weg, als wäre es nie gewesen, die Bauten der Pharaonen, Michelangelos Gemälde und Bruckners Sinfonien – weg wie ein zufälliger Lufthauch. Die menschliche Sehnsucht nach Ewigkeit ist Illusion, ein Traum. Auch der Sowjetunion wird keine Ewigkeit beschieden sein; aber ich werde mich hüten, das irgendwo zu sagen.

Er kam ins Philosophieren. Die Menschheit ist ein Vorgang, eine Entwicklung, ein stetes Unterwegs bis ins endliche Nichts hinein. Wir haben die Aufgabe, unser Stückchen Weges zu meistern und dabei das nächste Stück zu erschließen, vorzubereiten, mehr nicht. Dann sind wir bald vergessen. Das richtig zu begreifen könnte einen um den Verstand bringen.

Endlich fuhren sie ab, und die ewige Freundschaft blieb draußen zurück. Er vertiefte sich in seine Zeitschrift, doch Ruhe fand er nicht; denn zwei seiner

Mitreisenden verstrickten sich in einen Meinungsstreit über Hundezucht. Als ihm das zuviel wurde, ging er zum Frühstücken in den Speisewagen.

Er freute sich schon auf zu Hause.

X.

Geduldspiele

Auch die Freude von Frau Blasewitz war echt. Nein, dieser Herr Drente, fährt nach Berlin und bringt ihr Bananen mit, richtige Bananen, die sie doch für ihr Leben so gern ißt. Und er wird wirklich nach Paris reisen, hat sich die Genehmigung dafür eigens vom Ministerium geholt.

„Großer Gott, Herr Drente, beim Minister? War Ihnen denn da nicht angst?"

„Liebe Frau Blasewitz, ein Minister ist auch nur ein Mensch, und außerdem war ich ja gar nicht bei ihm persönlich, nur ein kleines Stückchen tiefer, und das hat dann auch schon ausgereicht."

Für Frau Blasewitz war das trotzdem ganz weit oben, dicht unterm lieben Gott, und weil dies ihren Mieter betraf, bekam sie doch auch selber noch einen Schimmer davon ab und dazu Bananen zum Sattessen. Sie war voller Dankbarkeit.

Am frühen Nachmittag ging Herr Drente ins Theater, um sich dort zurückzumelden. Er wußte, wie nervös Verantwortliche werden, wenn abends die Vorstellung laufen muß und nicht feststeht, ob denn wirklich alle Darsteller im Lande sind.

Der Intendant wirkte sichtlich aufgekratzt. Also das Ministerium hatte für diesen Herrn Drente um einen weiteren Tag Urlaub ersucht – was bedeutete das? Hatte man ihn bisher verkannt?

„Ganz einfach, Chef", sagte der heimgekehrte Mime. „Der zuständige Ministerialrat ist ein Kollege von uns, mein alter Freund Kurt Gabler aus der Schauspielschule damals. Das ist das ganze Geheimnis."

„Solche Leute muß man kennen!" Der Intendant servierte einen Weinbrand, das war Drente in diesem Hause noch nie passiert.

„Und?" hieß es weiter, „Ihre Reise nach Paris? Die haben doch erst mal gelacht, oder?"

„Sicher. Aber wenn Sie meinen Paß sehen wollen? Das Ausreisevisum vom Innenministerium, das Einreisevisum der République Française, alles drin. Das ist das Wesentliche, denke ich. Und Sie hatten mir freundschaftlich geraten, ich sollte doch lieber das Fahrgeld nach Berlin sparen. Stimmt's?"

„Vergessen, mein Lieber, alles vergessen! – Bei solchen Beziehungen gelten Vorbehalte und Bestimmungen nicht. Das weiß man, das ist nun mal so."

Es klopfte. Der Chef wandte sich ärgerlich um. Die Sekretärin schaute herein. „Unser Dichter ist da, Herr Intendant", verkündete sie.

„Ich komme gleich."

„Dichter?" fragte Herr Drente erstaunt. „Etwa ein neues zeitgenössisches Stück?"

Der Intendant breitete die Hände. „Ja, wir machen uns, Kollege. Es heißt doch jetzt: 'Schriftsteller in die Betriebe!' Einige sind also in die Schwerindustrie gegangen, andere in die Landwirtschaft. Einer wollte zur allgemeinen Verwunderung ins Theater. 'Das ist auch ein sozialistischer Großbetrieb', hat er gesagt. Na, bitte! – Empfangen wir ihn also bei uns mit weit offenen Armen, oder?"

Drente verabschiedete sich. Im Vorzimmer musterte er kurz das Gesicht des Fremden, es sagte ihm nicht viel. Nun, man würde sich kennenlernen. Draußen fiel ihm ein, daß er ganz vergessen hatte, nach dem verschwundenen Kollegen Wendelin zu fragen. Aber vielleicht wußte jemand im Kasino darüber Bescheid, doch da saß um diese Zeit keiner mehr. Nachmittags gehört man dem Rollenstudium und rüstet sich für die Vorstellung. Aber er war heute viel zu beschwingt, um sich zu Hause hinzusetzen, also schlenderte er noch eine Weile an den Schaufenstern entlang.

Ein Wesen kam ihm entgegen, geschlechtslos wie alles, was langhaarig Hosen trägt. Seine Blicke suchten die Buckerchen unterm Pullover, fanden auch welche. Na ja. Wann ist je eine weibliche Jugend so unweiblich gewesen wie heutzutage, dachte er. Schade eigentlich!

Er blieb stehen und schaute sich um. Figur hat sie ja, dachte er. Jetzt, da alle Anspannung der letzten Tage von ihm gewichen war, wäre es wohl gar nicht übel, sich mal wieder für eine Weile zu verlieben. Ein eigenartiges Gefühl, stellte er fest. Wie sehr einem doch ein solcher Erfolg den Rücken stärkt. Verdammt nochmal, ich bin noch jung, ich habe es geschafft, unserer ganzen überzüchteten Politbürokratie eine Nase zu drehen, und jetzt? Triumph! Ich gehe eine gestohlene Straße entlang. Der Eigentümer mag sich melden, ich zahle alles!

Mann, was für ein Unsinn, was für ein herrlicher, verrückter Unsinn! Lächelnd ging er weiter.

Abends spielten sie zum letzten Mal den „Zerbrochenen Krug". Drente hatte Spaß daran, den Schreiber Licht abermals bis zur Grenze des Möglichen zu überziehen. Die Kollegen im Konzimmer lachten über ihn, einige gaben sich dagegen merklich kühler. Sein Erfolg in Berlin hatte sich rasch herumgesprochen, und jedes Glück gebiert Neider. Ihm war das gleichgültig. Das Theater lebt von Neid und Gehässigkeit. Wo jeder sich zeigen will, gibt es zwangsläufig auch eine gehörige Portion Rempelei, und einer drängelt den anderen zurück, das hatte gerade Herr Drente bisher zur Genüge erfahren.

Indessen siegte doch die allgemeine Neugier. Seine Vorstellung im Kasino zu Willy Steiners Geburtstag war unvergessen. Daß sich diese Posse zur Realität entwickeln konnte, erschien beinahe als unglaublich. Etliche wollten Genaueres wissen, Gerhard Hasse, Ilse Wüstner, endlich noch der alte Heinrich Webern.

„Jetzt wirst du also meine harten Taler doch noch brauchen", meinte der Senior und zwinkerte listig.

„Ob du das glaubst oder nicht", entgegnete Drente; „aber ich habe außer dem Visum sogar Wegzehrung bekommen. Ja, es klingt wie ein Märchen, ich weiß, aber es ist nicht gelogen, bei allen Göttern!"

Gravitätisch erhob er die Schwurhand, da erschien in der Tür noch ein erstauntes Gesicht. Auch der neue Dichter war heute in der Vorstellung, hatte erst neben dem Inspizienten gesessen, dann in der Zentrale, von wo aus die Lichteffekte gesteuert wurden, jetzt schaute er also ins Konzimmer. Sein Name sagte Herrn Drente übrigens gar nichts. Es gab etliche solcher Autoren im Land, sie schrieben Broschüren für Gewerkschaft und Bauernhilfe, wurden mit staatlichen Aufträgen bedacht und zu Lesungen in den Betriebsbüchereien herumgereicht. Dieser hier wollte also das Theater kennenlernen. Nun, warum nicht? Jedem Tierchen sein Pläsierchen.

Als Drente heimkam, klappte er seinen Paß auf und betrachtete zum x-ten Male die beiden Visa. Auf einmal erschien ihm die Zeit bis zu den Spielferien noch unerträglich lang. Er mußte sie überbrücken. Langsam zog er seine „Spießerhülle" an, dann setzte er sich spontan hin und schrieb an Tante Jeannette. Er teilte ihr mit, daß er ihrem Wunsch, den Sohn der älteren Schwester einmal wiederzusehen, gern nachkommen würde, und er hätte sich auch schon die notwendigen Stempel dafür geholt. Sie möge also diesen Brief hier als seine feste Anmeldung betrachten und ihm bald schreiben, ob er ihnen zu dieser Zeit auch wirklich genehm wäre.

Dann lag er im Bett, lauschte dem Ticken der Wanduhr und schaute an die Decke. Der Widerschein der Straßenlaterne draußen vor dem Haus projizierte das Schattenmuster der Gardine darüber. Er mußte wieder an den Kollegen Wendelin denken, von dem man im Theater noch immer nichts gehört hatte. Einen trägt es nach oben, den anderen spült es hinweg, das verdammte, gnadenlose Schicksal, überlegte er. Irgendwie sind wir alle noch Urgewalten ausgeliefert, daran hat sich seit der Vorzeit nichts geändert. Ist man einer entkommen, lauert schon die nächste.

Auch die Reise nach Paris würde keine Fahrt ins Elysium sein. Dort bebrütete man totsicher andere Sorgen, so wie überall auf der Welt. Ein kleines Wörterbuch würde er sich noch kaufen müssen und einen Sprachführer. Drei Jahre Schulfranzösisch unter den Bedingungen der letzten Kriegsjahre reichten sicher kaum aus, also galt es, bis zur Abreise noch fleißig zu lernen, und Lernen war sein Beruf. Warum sollte er sein Vorhaben nicht wie eine neue Rolle angehen? Einen Solopart sozusagen, die entscheidende Aufgabe für den nächsten Lebensabschnitt: Der Mime Drente gastiert in Paris in seiner Glanzrolle als braver Bürger aus dem Osten.

Endlich schlief er ein und träumte dann wirres Zeug, das sich ständig wiederholte. Früh weckte ihn ein quietschendes Auto, und er erinnerte sich an das, was auf ihn wartete und doch noch so endlos weit entfernt lag, Wochen noch bis zu den Spielferien, und er wäre doch am liebsten gleich heute zum Bahnhof marschiert, um die Fahrkarte zu lösen. Was für ein Unsinn! Aber hingehen und sich nach den Reisemöglichkeiten erkundigen, das konnte er doch wohl schon. Die werden dort in der Auskunft Augen machen, wenn so ein braver Bürger auftaucht, um sich in aller Ruhe über die Verbindungen nach Paris zu informieren. Er lachte laut vor sich hin, während er sich rasierte.

Anderntags zog ihn im Treppenhaus der Parteisekretär beiseite und raunte: „Ich möchte dir im Auftrag der Genossen raten, dich ein bißchen zurückzuhalten. Man sieht es seitens der Parteigruppe nicht gerne, daß du dich so aufspielst, was deine Reise betrifft."

„Habe ich das?" fragte Drente.

„Du weißt schon, wie ich das meine. Es ist ein freundschaftlicher Rat sozusagen."

„Danke, ich will mich bemühen."

Seitens der Parteigruppe, sozusagen... Daß sogar Theaterleute dieses Rotwelsch annehmen, wo sie doch mit der Sprachkultur verheiratet sind – sozusagen. Er unterdrückte ein Lachen. Also aus Vernunftsgründen den Mund halten, überlegte er. Kann mir schon vorstellen, daß es Unbehagen bereitet, wenn einer reisen darf und alle anderen nicht. Und nun um Himmels Willen ja nicht drüber reden. O diese Mucker und Philister! Da glauben also manche Leute, das Gefüge unseres Staates geriete ins Wanken, wenn man über Sachen spricht, die doch nun mal Tatsachen sind. Wir haben uns Duckmäuser herangezogen und wollen mit ihnen Weltspitze brechen, wie es so schön heißt.

Vor dem schwarzen Brett standen zwei Kollegen von der Oper, er grüßte und stellte sich dazu. Vor ihnen prangte ein Anschlagzettel: „Zur Erfüllung der uns übertragenen Aufgaben bei der Versorgung und Entsorgung der Werktätigen stellen wir ab sofort aus der nichtarbeitenden Bevölkerung Personal für unsere sanitären Einrichtungen ein."

„Herrliche deutsche Sprache", sagte Herr Drente, „Hier hätten zwei Worte genügt: Toilettenfrau gesucht!"

Die anderen lachten lauthals.

Mein Gott, nun habe ich schon wieder gequatscht. Drente schaute sich um, ob nicht etwa zufällig jemand von der Parteigruppe in der Nähe war. Ich habe den Mann von der Firma „GHG" also gar nicht angelogen, dachte er im Weitergehen. Ich bin ja wirklich überaus geschwätzig.

In der Gewandschneiderei machte man mit wenigen Handgriffen aus ihm den Derwisch für die kommende Premiere. Er drehte sich vor dem Spiegel. „Sehr schön", sagte er anerkennend. „Da habt ihr euch wieder was Feines einfallen lassen." – Die Schneiderin dankte mit den Augen. Wenn draußen vor der Rampe der Beifall aufbrandte und die Darsteller, vielfach bewundert, sich verbeugten, galt dies wohl auch deren Aussehen. Doch wer dachte in diesem Augenblick schon an die Leute in den Werkstätten, ohne die der Erfolg sicherlich nur ein halber wäre.

Auf der Treppe stieß er fast mit den Mädels vom Ballett zusammen, sie lachten unbändig. Er griff sich eine heraus. „Hallo, Ina, ein neuer Witz?"

„Ach was", sagte sie und blies sich eine Haarsträhne vom Gesicht. „Aber wir haben heute doch diesen Dichter bei uns im Ballettsaal."

„Na ja, warum nicht? Der will schließlich auch mal was Hübsches sehen."

„Du kennst doch unsern Ballettmeister", sagte sie. „Als er heute früh den Mann da neben dem Flügel sitzen sah, hat er gemeint: 'Bloß so zugucken? Das gibt's bei uns nicht. Schuhe aus, Jacke aus, da drüben ist die Stange!'"

„Und er?"

„Hat's gemacht, wirklich, das ganze Excercice durch. Sah irgendwie komisch aus, kannst du glauben, aber der hat durchgehalten, und jetzt bringt ihm Günter die Positionen bei. Sachen gibt es, das glaubt man nicht."

Weg war sie. Sowas, dachte Drente, der Dichter im Ballettsaal.

Ja, mitgegangen, mitgehangen. Wenn er zu uns in die Probe kommt, soll er auch brav markieren, wenn einer von uns zur Toilette ist. Der wird das Theater schon kennenlernen.

Nachmittags saß er sich überall selbst im Wege. Daß er plötzlich ein Ziel hatte, wichtiger als all seine anderen Ziele, das war für ihn ungewohnt. Und daß dieses Ziel zwar sicher war, doch noch so weit entfernt lag, das verwirrte ihn irgendwie, und er wußte in dieser Verfassung nicht recht, wie er sich für diese lange Zeit beschäftigen sollte, und er haßte doch nichts so sehr wie Langeweile.

XI.

Der brave Bürger feiert Festlichkeiten

Die Premiere verlief in gewohnter Erregung und Anspannung. Im Theater saß das treue Premierenpublikum, und Herrn Drente kam in den Sinn, daß irgendwo vor ihm im Dunkel jener Theaterfreund aus dem Polizeibüro sitzen und sich an seinen Besuch erinnern mochte. Vielleicht war auch der Vertreter der Firma „GHG" gekommen, um zu sehen, wie Herr Drente seine kleine Aufgabe vorzüglich meisterte. Ob diese Herren wußten, wie erfolgreich seine Berliner Mission ausgegangen war?

Nach seinem Abgang hätte er nun eigentlich heimgehen können, doch jede Premiere hat ihre Nachfeier, und die versäumt man nicht, auch wenn man später unten im Kasino keinen besonderen Toast bekommen würde wie die Inhaber der Spitzenrollen. Premierenfeiern gehören dazu, und die verpaßt man nicht, das wäre höchst unkollegial.

Zwei Kollegen fanden sich zu einem Skatspiel bereit, so daß man also, mit dem halben Ohr der Vorstellung lauschend, die ja durch den Lautsprecher überallhin in Garderoben, Konzimmer und Kasino übertragen wurde. Am Schluß wollte der Regisseur all seine Leute mit auf der Bühne haben, also hoch, nochmals eingetaucht in die bunt kostümierte Schar der Darsteller. Vorhang auf, brav verbeugt, Vorhang zu, noch einmal und noch einmal. Regisseur Bussenius strahlte, das Publikum applaudierte stehend, Blumen wurden auf die Bühne getragen, viel Blumen, Vorhang, Vorhang, endlich senkte sich der „Eiserne" herab, und das Klatschen verebbte.

Herr Drente hatte das Bedürfnis, vor der Premierenfeier draußen noch ein wenig frische Luft zu atmen. Im Halbdunkel vor dem Bühneneingang stand ein Mädchen, in der Hand Block und Schreibstift. „Kommt denn niemand weiter heraus?" vernahm er ihre zaghafte Stimme.

„Kaum", entgegnete er und trat dichter an sie heran. Sie war jung, hübsch, ansehnlich. „Worum geht es denn?" fragte er.

„Ich wollte Herrn Bussenius um ein Autogramm bitten."

„Nach jeder ersten Vorstellung gibt es hier im Haus die Premierenfeier. Das ist nun mal so üblich, da werden Sie leider vergebens warten."

„Premierenfeier?" Ihre Augen leuchteten auf. „Sowas würde ich auch gerne mal erleben."

„Ich könnte Sie ja einladen", lockte er, „aber dann müßten Sie als mein Gast mit bei mir am Tisch sitzen und nicht bei Papa Bussenius."

„Aber das macht doch nichts!"

Er hielt ihr schon die Tür auf. Neugierig tappte sie hinein, der Pförtner schmunzelte verständnisvoll, sagte aber nichts. Im Vorraum nahm Herr Drente seiner Begleiterin die Garderobe ab. Drinnen im Kasino waren noch genügend Tische frei, er bot ihr einen Stuhl an.

„Da Sie also mein Gast sind", sagte er mit großer Geste, „was darf ich Ihnen anbieten? Wein, Likör oder sonst etwas anderes?"

„Vielleicht eine Limonade?"

„Aber, aber", er spielte vollendetes Gekränktsein. „Limonade, werte Dame, nach erfolgreicher Premiere. Sie wollen die Darsteller hier doch nicht vor den Kopf stoßen, oder?"

„Natürlich nicht. Dann trinke ich ein Glas Wein – aber wirklich nur eins."

Nach und nach kamen die übrigen Darsteller herein, sichtlich beschwingt vom heutigen Erfolg. Das Mädchen erkannte mit naiver Freude plötzlich lauter vertraute Gesichter, und so nahe, zum Anfassen sozusagen. Herr Drente beobachtete sie mit Vergnügen. Es war eine richtige Plaudertasche. So erfuhr er in der folgenden halben Stunde alles, was ihr wichtig und mitteilenswert erschien.

Sie hieß Claudia, war bei der Post beschäftigt, schwärmte leidenschaftlich für Kino und Theater, und daß sie heute mit hier sein durfte, zwischen dem ganzen Ensemble, das war ja wohl der Gipfel des Erreichbaren. Sie war Herrn Drente aufrichtig dankbar und merkte in ihrer quirligen Freude gar nicht, daß aus dem einen Glas Wein inzwischen drei geworden waren.

Während sie redete, hatte Herr Drente Zeit, sie richtig anzuschauen. Sie gefiel ihm, ihre hellen Augen standen in seltsamem Kontrast zu dem vollen, dunklen Haar, und sie hatte eine Art zu lächeln, die er erregend fand. Die Kollegen schienen das zu spüren, jedenfalls kam niemand weiter an ihren Tisch, er hätte hier nur gestört.

Bei der Prominenz knallten unterdes schon die Sektkorken. Einer flog zur allgemeinen Freude bis an die Decke und beschädigte dort sogar eine Lampenschale. Einige Ehrengäste gaben Lobreden von sich. Drente bemerkte, daß auch der neue Hausdichter mit dort saß. Es schien ein lustiger Mensch zu sein, denn an diesem Tisch wurde auffallend viel gelacht. Später gab es dort plötzlich Applaus, der Dichter stand auf, schaute in die Runde, jemand rief laut „Silentium!", dann begann er zu deklamieren:

„Publikumsgedanken.
Einmal während der Vorstellung
mit kühnem Sprung
auf die Bühne rennen
und Schicksal spielen können,
das wäre doch toll,
einfach wundervoll

An der Seite stehn,
das große Rad drehn
und die Bühne berieseln
mit sanftem Nieseln,
als ob's da brennt.
Wetten, daß alles rennt?

Rauf zu den Beleuchtern gehn,
eine Birne rausdrehn,
von oben her nach unten gucken
und beispielsweise
still und leise
auf den Souffleurkasten spucken.

Oder das Bühnengeschehen völlig verdrehen!
Ich ginge einfach rein,
Gretchen aus dem Kerker zu befrei'n
zwei Minuten vor Schluß.
Selbstverständlich mit Kuß.
Ich würde Egmont zu Hilfe eilen,
mich um Marquis Posa mit Philipp keilen,
oder sagte dem Ferdinand voller List,
Daß Luises Brief Schwindel ist,
und beider Ende findet nicht statt.
Das wäre doch eine heroische Tat!

Alle Trauerspiele endeten fröhlich.
Das Publikum wäre sicher selig
und atmete hörbar auf.
Mein Wort darauf:
Mein Bühnentrubel
weckte gewiß lauten Jubel.

Ach, im Parkett sitzen zu müssen
und zu wissen:
Gleich wird man Johanna verbrennen;
dazusitzen, nicht helfen zu können,
das bringt mich in Wut.
Mir fehlt bloß das bißchen Mut,
einfach raufzusteigen
und es denen zu zeigen.
Bleibt nichts als Schweigen."

Das gefiel der lustigen Runde, erneut wurde Beifall gespendet, jemand ging zur Theke und bestellte Bier, und Drente sah, daß in eins der Gläser ein doppelter Klarer gegossen wurde. Wen wollten die denn da fertigmachen? Das Glas wanderte, wie er vermutet hatte, direkt vor dem Dichter, und der trank hingebungsvoll, genoß sichtlich seinen Erfolg hier unter den Musensöhnen, ohne etwas von dem heimtückischen Anschlag zu ahnen.

„So", sagte Drente, „und nun, meine liebe Claudia, werden wir Ihren Wünschen noch die Krone aufsetzen. Wir gehen nämlich jetzt reihum, und Sie holen sich von all unseren Größen die Autogramme. Eine ganze Sammlung auf einmal."

Da fiel sie ihm um den Hals vor Freude.

Natürlich bekam sie, was sie wollte. Dann stellte jemand den Plattenspieler an, und sie tanzten. Claudia war jetzt ganz Dame, hingegeben der Laune dieses Abends. Er küßte ihr die Hand, sie nahm es auf als Galanterie eines ergebenen Ritters für die grande Senora de la fiesta.

Das Spiel machte beiden Spaß. Dieses Mädchen, das er draußen sozusagen vor der Tür aufgelesen hatte, schüchtern, ein wenig verstört, ganz die naive Autogrammsammlerin, hatte sich unter seinen Augen zu einer begehrenswerten jungen Frau entwickelt, die sich den Hof machen ließ wie eine erfahrene Kurtisane. Selbst Herr Drente, sonst doch so ruhig, beherrscht und selbstsicher, war ihr ins Netz geraten, ohne recht zu wissen wie.

Schon begannen andere Kollegen, sich in das reizvolle Spiel einzumischen. Drente gab sich großzügig und nutzte die Gelegenheit, für einige Augenblicke zur Toilette zu entschwinden. Dort empfingen ihn grauenvolle Töne. Er fand den Dichter kniend, den Kopf im Porzellanbecken, röhrend wie ein waidwunder Hirsch. Die Kerle hatten es geschafft, der Mann konnte einem wirklich leid tun.

Mit einem humorvollen Menschen soll man seinen Spaß treiben; aber man soll dessen Frohsinn nicht ausnutzen und ihn damit zu Fall bringen. Das hätte er nicht verdient; denn die Welt wäre tot ohne die Sonnenkinder. Sicher waren auch da wieder Neider am Werk gewesen, die selbst nicht halb so viel echte Ergötzlichkeit aufbrachten wie dieser Mann hier.

Herr Drente zog ihn hoch, wischte ihm das verstörte Gesicht sauber, versprach, ihm eine Taxe zu besorgen. Unter anderen Umständen hätte er ihn sogar mit heimgenommen und ihm bei sich ein Schmerzenslager bereitet; aber heute nicht. Nein, heute nicht!

Er sagte also dem Pförtner Bescheid, dann ging er ins Kasino zurück und nahm die schwarze Claudia ihrem derzeitigen Tänzer kurzerhand aus dem Arm. Er hätte sich in diesem Augenblick ihretwegen duelliert, doch das war nicht nötig; denn der betreffende Kollege erkannte Drentes Priorität ohne Widerspruch an und überließ ihm anstandslos das Feld.

Es wurde spät in dieser Nacht. Als sie dann endlich draußen vor der Tür auf das Taxi warteten, küßte er sie, und sie schien darauf gewartet zu haben. Sie fragte auch nicht, wohin sie jetzt fuhren, überließ sich ganz ihrem Theaterkavalier, er würde schon wissen, was jetzt gut für sie beide war. Im Zimmer wartete unter seiner Haube der Kaffee der vorsorglichen Frau Blasewitz. Sie tranken abwechselnd Schluck um Schluck aus der gleichen Tasse.

Und der brave Herr Drente? Er lebte dem Augenblick, hatte sich bisher nie festgelegt, warum sollte er das heute? Diese Claudia, was war sie für ihn? Wieder nur eine vorübergehende Begegnung, ein reizvolles Intermezzo zwischen zwei Tagen voller Pflichten? Was fragte er jetzt danach? Er hatte doch immer betont: Ich liebe die Frauen im Allgemeinen. Es tut mir weh, wenn eine schimpft oder böse ist. Ich treffe ein weinendes Mädchen auf der Straße und muß es trösten. Claudia weinte zwar nicht, doch er tröstete auch heute, und ihr schien das vollauf zu genügen.

Sie war in dieser Nacht kein schüchternes Mädchen mehr wie vor dem Bühneneingang, auch keine Dame wie danach beim Tanz. Sie war einfach eine wunderbare junge Frau, unsagbar schön im Graulicht des fern heraufdrängenden Tages. So kamen sie nicht viel zum Schlafen, zumal Claudia befürchtete, sie könnte ihren Frühdienst verpassen, das schien ihr wichtiger zu sein als alle Liebe.

Frau Blasewitz wunderte sich dann überhaupt nicht, daß ihr Untermieter, der stille Herr Drente, heute ein doppeltes Frühstück verlangte. Der Gedanke, daß nun auch bei diesem Mann die Künstlernatur gesiegt hatte, war irgendwie belustigend und schmeichelte ihrer Menschenkenntnis. Sie begriff und verstand alles, und als sie das Tablett ins Zimmer trug, stellte sie mit Befriedigung fest, daß sich Herrn Drentes Gunst keiner Unwürdigen zugeneigt hatte.

Claudia war jetzt am Morgen seltsam verlegen. Sie entzog sich seinen Zärtlichkeiten, blieb einsilbig und ging auch kaum auf Drentes Fragen ein. Bereute sie, daß sie der Augenblicksstimmung des gestrigen Abends verfallen war? Wer lernt je die Frauen ganz kennen? Später brachte er sie aus dem Haus, sie war völlig ernüchtert, wollte nur noch heim, um sich für den Dienst umzuziehen. Dabei stellte sich heraus, daß sie gar nicht so weit entfernt wohnte, allerdings ließ sie sich nicht bis vor die Tür bringen. So verabschiedeten sie sich recht förmlich an irgendeiner Straßenecke. Er versprach noch, sie in ihrem Postamt anzurufen und ging dann geradewegs ins Volksbad.

XII

Großes Atemholen

Der Alltag war jetzt grau und beinahe fad. Nach der letzten Premiere dieser Spielzeit wurde kaum noch probiert. Einige Stücke liefen ohnehin aus. Da auch weiterhin vom Kollegen Wendelin kein Lebenszeichen kam, blieb Herr Drente als Vertretung in Gorkis „Nachtasyl". Der Intendant winkte ihm mit größeren Aufgaben für das kommende Halbjahr, nun ja, Drente nahm es hin wie etwas jetzt Selbstverständliches. Nachdem er nun sein Reisevisum sozusagen in der Tasche hatte, war auch die Anspannung von ihm gewichen, gerade so, als wäre eine Feder abgelaufen und die Uhr stünde jetzt still. Eine Ruhepause vor neuen Abenteuern?

Auch privat tat sich in dieser Zeit nichts. Ein paarmal überlegte er, ob er Claudia anrufen sollte, dann ging er aber mit dem inneren Vorwand, Briefmarken zu brauchen, in ihr Postamt und schaute sich um. Bald sah er, daß sie im Nebenraum mit einem jungen Kollegen schäkerte, und sie war sichtlich bestürzt, als sie sah, wer da draußen gekommen war. Sie schüttelte nur unauffällig den Kopf und verschwand dann hinter einem Regal. Herr Drente kaufte seine Marken und ging. Also doch nur eine vorübergehende Begegnung, dachte er. Nun, ihm konnte es recht sein, er würde nun auch nicht bei ihr anrufen. Man soll aus einem Zwischenspiel keine große Oper machen wollen.

Im Kulturbund warteten noch zwei Lesungen auf ihn. Beide waren gut besucht. Anscheinend hatte sich herumgesprochen, daß der Referent den „Braven Soldaten Schwejk" lebendig werden ließ wie kein zweiter in dieser Stadt. So erntete er viel Beifall und versprach zwei eifrigen Kulturobleuten, im Herbst auch in ihrem Betrieb aufzutreten. Auf dem Heimweg malte er sich aus, daß es eigentlich seinen Reiz hätte, alle Verpflichtungen los zu sein und künftig als Freischaffender zu arbeiten. Seine Ansprüche waren gering, und die Freiheit lockte, auch wenn, sich ihr hinzugeben, mit gewissen Risiken verbunden wäre.

Nichts ist für den Menschen gefährlicher als Ausuferung. Die totale Freiheit ist die Verlockung dazu – in Wahrheit aber die Verunsicherung in persona. Würde sie mir Glück und Befriedigung bringen, überlegte Drente, widerspricht sie nicht der menschlichen Natur als Kollektivwesen? Die Arbeit im Ensemble hat auch ihre Reize. Würde ich mich ohne das Theater, das Publikum, die Bühne wirklich wohlfühlen?

Als Herr Drente eines Vormittags ins Theater kam, winkte ihn der Pförtner beiseite: „Es ist angerufen worden. Sie möchten bitte gleich mal zum Herrn Intendanten hochkommen."

Was heißt denn das nun wieder? Drente ging zum Fahrstuhl und ließ sich in die Chefetage befördern. Dort wurde er sogleich vorgelassen. Beim Intendanten saß ein fremder Mann. Drente nahm den angebotenen Sesselplatz ein und schaute erwartungsvoll auf seine Gesprächspartner.

„Eine unangenehme Sache", begann der Chef stockend. Der andre aber fiel ihm sogleich ins Wort und sagte: „Sie haben auf der Probe gesagt, Moment..." Er entnahm seiner Aktentasche ein Schreiben. „Ja, richtig, Sie haben wörtlich von Ihrem Kollegen Wendelin behauptet – ich zitiere: Der sowjetische Geheimdienst hatte ihn in der Mangel, er sollte für sie arbeiten, das hat ihn fertig gemacht."

„Donnerwetter", entgegnete Drente. „Das ist ja eine prompte Berichterstattung. Darf ich fragen, mit wem ich die Ehre habe?"

„Der Genosse ist im Auftrage des MfS im Hause", sagte der Intendant.

Aha, also wieder die Firma „Guck, Horch & Greif", dachte Drente, diesmal in anderer Besetzung, und so ernst in all seiner Wichtigkeit.

„Stimmt das, was ich Ihnen vorgelesen habe?" fragte der Mann streng.

„Aber ja. Wozu sollte ich das denn abstreiten."

„Wie kamen Sie zu dieser Äußerung?"

„Schauen Sie rein in Ihren Bericht da, das muß doch auch drinstehen. Wendelin war bei mir, ziemlich verzweifelt. Und er hat mich um einen Rat gebeten."

„Können Sie sich denken, weshalb er da gerade zu Ihnen gekommen ist?"

„Keine Ahnung. Man kennt mich als ruhigen, verläßlichen Kollegen. Er hat eben Vertrauen zu mir gefaßt."

„In diesem Falle waren Sie aber gar kein so ruhiger Mensch", erwiderte der Mann. „War das nicht ein Vertrauensbruch ihm gegenüber, daß Sie den Besuch brühwarm im Probenraum berichtet haben?"

„Brühwarm?" Herr Drente lachte auf. „Kochend heiß sozusagen, nachdem Wendelin spurlos verschwunden war. Die Kollegen konnten sich das nicht erklären. Ich wohl."

„Was haben Sie ihm denn geraten, wenn man fragen darf?"

„Man darf. Der Kollege Wendelin ist Genosse, ich habe ihm also geraten, sich an seine Bezirksleitung zu wenden. Überhaupt – ist das hier ein Verhör?"

„Sie haben ihm nicht nahegelegt, sich nach dem Westen abzusetzen?"

Das war zuviel. Herr Drente stand brüsk auf. „Wollen Sie mich beleidigen, Herr?" stieß er hervor. „Ich bin ein loyaler Staatsbürger. Wer etwas anderes von mir behauptet, ist ein Lügner. Wie kommen Sie dazu, so etwas von mir anzunehmen? Mir ist ja schon viel passiert, aber das..."

„Beruhigen Sie sich!" Der Mann war von Drentes plötzlichem Ausbruch sichtlich betroffen. „Es liegt mir doch fern, Sie hier zu beleidigen."

„Ihr Verdacht ist wirklich fehl am Platz", nahm jetzt der Intendant für seinen Schauspieler Partei. „Der Kollege Drente ist in jeder Hinsicht ein untadeliger Bürger." Er nickte Drente beschwichtigend zu, der aber war nicht gewillt, den Lapsus des Fremden so rasch zu verzeihen. „Gibt es sonst noch etwas?" fragte er kühl. „Ich habe nämlich zu tun."

„Nein, nein", sagte der Mann, „das war es dann schon. Entschuldigen Sie nochmals. Danke."

Ohne Gruß ging Drente hinaus. Dieses verdammte Mißtrauen, dachte er. Jetzt möchte ich nur mal wissen, wer von den Kollegen meine Worte zu Protokoll gegeben hat. Wer war denn bei der Probe alles dabeigewesen? Heinze? Fuchs? Zöllner? – So ist es richtig, allmählich belauert dann wohl jeder jeden. Auf einmal erschien ihm der Gedanke, freischaffend zu arbeiten, geradezu paradiesisch, so sehr er seine hiesige Wirkungsstätte auch liebte. Aber eins schien wohl jetzt klar zu sein: Wendelin war es wirklich gelungen, in den Westen zu verschwinden, oder er hatte es zumindest versucht. Spontan ging er zum Bahnhof, betrat den Raum der Zugauskunft und erkundigte sich über die Fahrverbindungen nach Paris. „Paris?" fragte die Dame hinter dem Schalter und starrte ihn an wie eine Erscheinung.

„Gewiß", sagte er schmunzelnd, „Paris, die Hauptstadt von Frankreich, neun Millionen Einwohner, an der Seine gelegen. Schon davon gehört?"

Jetzt lachte sie. „Schon, aber daß hier einfach jemand so ankommt und nach

Paris fragt, also ehrlich, das habe ich noch nicht gehört. Moment!" Sie durchblätterte aufgeregt ein Kursbuch. „Ja, natürlich", fuhr sie fort, „da sind die durchgehenden Kurswagen von Warschau nach Paris. Ich schreibe Ihnen die Zeiten auf."

„Danke."

Auf mich wartet wirklich eine Sensation, dachte Herr Drente. Hoffentlich mischt sich nicht noch zu guter Letzt die Firma GHG ein, das hätte mir jetzt gerade noch gefehlt. Lieber Gott, laß Sommer werden! Also im Kurswagen von Warschau, überlegte er im Weggehen. Ich werde den Rhein sehen, den Kölner Dom, dann hinter Aachen über die Grenze nach Belgien hinein. Was denn? Belgien?

Ich habe das Besuchsvisum für Frankreich, wird man mich da mit meinem volkseigenen Paß ohne Weiteres durch Belgien reisen lassen? Das würde mir noch gefallen, dort aussteigen zu müssen.

Widersprüche über Widersprüche! Ja doch, ja; da wir zum Glück nicht alle gleich sind, wird jeder vom anderen irgendwelchen Widerspruch erfahren; das Zusammenleben der Menschen ist also von Natur her widersprüchlich. Wer das in Abrede stellt, ist unehrlich. Immer stoßen wir irgendwo gegeneinander, eine wahre Verrücktheit, doch sie ist wohl nicht zu ändern.

Alles schien auf den Sommer zu warten. Auch die Kollegen trugen sich mit Reiseplänen, einer hatte Bulgarien gebucht, die Ferienschecks der Gewerkschaft für die anderen lauteten auf Ostsee, Thüringen und die Sächsische Schweiz. Ilse Wüstner würde wieder zum Campen fahren, sie schwärmte vom Zeltlerleben und hatte sich für die Feldberger Seen in Mecklenburg vormerken lassen. Und ich nach Paris – es ist einfach Wahnsinn!

Einige Tage danach brachte Frau Blasewitz früh den entscheidenden Brief. Tante Jeannette hatte geantwortet, es war ein einziger Jubelschrei. Er wäre hochwillkommen, sollte sich um nichts sorgen, man würde ihn vom Gare du Nord abholen, er könnte ein eigenes Zimmer beziehen und sollte frei all seine Wünsche äußern, auch Jean Martin, ihr Mann, würde sich freuen, und all das über drei hastig beschriebene Seiten hinweg, denen die ehrliche Freude anzumerken war.

Herr Drente stillte die Neugier der Frau Blasewitz, die augenblicklich sein Hochgefühl teilte, und da gerade eine so schmissige Musik aus dem Radio kam, faßte er seine Wirtin und tanzte mit ihr in der Stube umher, daß die Sammeltassen in der Glasvitrine leise klirrten. Lachend sanken sie dann auf das Sofa.

„Paris, Paris", sagte sie japsend. „Ach, wenn ich doch auch mitfahren könnte."

„Ich bin mir fast sicher, daß Sie das eines Tages auch mal können", antwortete er.

„Ja, wenn ich Rentnerin bin und alt und grau. Man darf sich die dicksten Nüsse nicht aufheben, bis einem die Zähne rausfallen, Herr Drente. Aber was will man machen? Wir haben halt so unsere Bestimmungen, obgleich ich manchmal denke, sie könnten uns ein bißchen mehr Bewegungsfreiheit gönnen, unsere Oberen. Herrgott, wir kommen doch wieder. Oder was meinen Sie?"

„Sicher kommen wir wieder. Zu Hause ist immerhin zu Hause."

Sie wiegte den Kopf. „Nehmen Sie mir das nicht übel, Herr Drente; aber manche unserer Gesetze halte ich einfach für idiotisch. Sie nicht auch?"

Er lächelte weise. „Schon der große Goethe hat gesagt: 'Gewissen Geistern muß man ihre Idiotismen lassen.' – Also auch der alte Herr aus Weimar hat damit schon seine Erfahrungen gemacht."

Sie nickte. „Ich habe manchmal das Gefühl, daß etliches bei uns einfach nicht klappen soll", sagte sie und hob die Schultern. „Und immer wieder die Betonung, daß wir doch so ganz anders sind als die da drüben. Ost und West in ewigem Streit, das müßte doch wohl nicht sein, oder?"

„Gewiß nicht. Wenn ich sehe, wie gut sich meine Briefmarken miteinander vertragen, Adenauer und Karl Marx im gleichen Album. Es geht also, wenn man will."

Solche Gespräche mit Frau Blasewitz gab es hin und wieder einmal. Zwei brave Bürgerseelen, die nie daran gedacht hätten, öffentlich gegen irgendetwas aufzumucken, redeten sich ihre Zweifel und Bedenken von der Seele, da gab es kein Mißtrauen und keine Befürchtungen, es könnte jemand das Gehörte hinaustragen in all zu feine Ohren, wo es dann falsch aufgefaßt würde. Herr Drente fragte sich oft, weshalb es die Regierenden nie schaffen, ohne Arg das Ohr für das offen zu halten, was die Leute reden, wenn sie sich unbeobachtet glauben. Jeder Kübel muß gelegentlich ausgeleert werden, sonst fängt sein Inhalt an zu gären, und jahrhundertealte Volksweisheit, gewachsen aus dem Widerstand gegen Tyrannen und aus vielen schlechten Erfahrungen, ließe sich von weisen Leuten auch weise nutzen. Aber wo ist Weiheit?

Jetzt, in der Schlußphase vor der geplanten Reise, wußte Herr Drente auf einmal nichts mehr mit seiner Freizeit anzufangen. Er saß, was sonst nie vorkam, mitunter nur so da, starrte die Zimmerwände an, und wenn er lesen wollte, begriff er nicht, was sich da gedruckt vor ihm auftat. Wurde er sich dann seines Zustands bewußt, lief er hinaus auf die Straße, blieb aber draußen jetzt ebenso ziellos wie vorher in seiner Stube. Selbst die kleine Eckkneipe, in der er manchmal ein Bier trank, eine Bockwurst verzehrte und mit anderen Gästen belanglose Gespräche führte, lockte ihn nicht.

Die Koffer packte er mehrfach ein und wieder aus. Er pinselte die Kamera sauber, zählte nochmals seinen Filmvorrat, überlegte zum x-ten Male, wieviel Wäsche er brauchen würde, wieviel Strümpfe. Dann fiel ihm ein, daß man nicht ohne Gastgeschenke verreist. Nach Überdenken aller Zollvorschriften kaufte er also noch zwei Bildbände. Bilder sagen zumeist mehr als als viele Worte. Schließlich widmete er sich ganz intensiv seinem französischen Sprachführer und prägte sich etliche notwendige Redewendungen fest ein.

Zweimal noch schaute er in jenes Postamt hinein, wo Claudia arbeitete. Einmal gab sie ihm durch Gebärden von weitem zu verstehen, daß sie absolut keine Zeit für ihn hatte, und bei seinem anderen Besuch unterhielt sie sich recht förmlich mit ihm, sichtlich darauf bedacht, daß die Kolleginnen sie bei dem Gespräch mit dem großen Mimen auch gut sehen konnten. Natürlich hatte sie den anderen längst berichtet, mit welch bedeutenden Bekannten sie doch verkehrte. Vertraulichkeiten aber gab es keine weiter, und Herr Drente kam zu der Erkenntnis, daß die Intimitäten jener Premierennacht kaum echter Zuneigung entsprungen waren, vielmehr aber der Wirkung des süßen Tropfens, von dem die hübsche Claudia nicht all zuviel vertrug. Dies also würde ein Intermezzo bleiben.

Auch gut. Die Welt hat der Freuden so viele, daß man nur mit wachen Sinnen die Zeit durchmessen muß, um jederzeit neue zu finden. Jetzt steht erst einmal das große Abenteuer der Reise nach Paris bevor und danach – ach, was fragte er jetzt nach dem, was hinterher kommen würde. Für das Nächstliegende war er mehr als gerüstet.

So, und nun nur noch warten, warten, warten, und gerade wenn man wartet, vergehen die Tage zäh, als hätten sie Leim an den Füßen.

XIII.

Der brave Bürger geht auf Reisen

Endlich ging die Spielzeit zu Ende. Einige Kollegen, die ein anderes Engagement antreten wollten, wurden verabschiedet, ein uraltes, ewig wiederkehrendes Zeremoniell. In einigen Wochen würde man die neuen Mitglieder des Ensembles begrüßen, bis dahin aber barg der Sommer für viele noch so manches Abenteuer.

Herr Drente wurde beim Kauf der Fahrkarte wieder bestaunt wie ein Hollywood-Star. Nun ja, in diesem Stück war er Autor, Regisseur und Hauptdarsteller zugleich, da würde ihm kein Zipfel des Ruhms entgehen. Er gab sich gelassen, schaute in aller Ruhe, auf welchem Bahnsteig er sich von der Stadt verabschieden würde.

Am Abend vor der Abreise trank er mit Frau Blasewitz eine Flasche „Mädchentraube“. Sie lebte richtig auf, als er ihr erzählte, was eine Stadt wie Paris ihren Besuchern an Sehenswürdigkeiten zu bieten hat. Drente betrachtete sie verstohlen. Nun ja, eine geschiedene Frau Mitte der Fünfzig, halbtags als Verkaufskraft tätig, nebenbei fleißig für private Kunden strickend und als Vermieterin noch ein Zubrot verdienend, allzuviel konnte sie sich davon sicher nicht leisten. Dabei war sie durchaus nicht unansehnlich. Wenn sie ins Theater kam, hatte sie sich auch jedesmal entsprechend zurechtgemacht, bewies Geschmack; aber da sie doch sonst im Alltag etwas hausbacken wirkte, würde sich für den Rest ihres Lebens wohl kaum etwas ändern.

Nun, Herr Drente wollte ihr von der Reise irgendein Präsent mitbringen, soweit Tante Jeannette ihn reichlich genug bedachte. Ja, das Geld war eine der vielen Unbekannten dieses neuen Abenteuers, und dabei hätte er es sich leisten können, zur Staatsbank zu gehen und kurzerhand ein paar Tausend Mark umzutauschen. „Bitte in französischen Franc. Wie steht der Kurs heute?“ – Nun, für unterwegs besaß er ja das Zehrgeld seines alten Studiengenossen Kutte. Woher der das wohl beziehen konnte? Ob es stimmte, was man sich immer wieder erzählte, daß die Größen da oben ihre Vertrauenskonten nutzten? Westgeld bei Bedarf und Bananen in der Kantine und das Regierungskrankenhaus für gelegentliche Wehwehchen oder Schlimmeres, sozusagen die Republik als Selbstbedienungsladen für gehobene Sonderkunden? Als Parteiloser bin ich eben doch eindeutig in der falschen Partei.

Er schlief unruhig in den letzten Nacht vor dem Sprung ins große Abenteuer, träumte phantastische Dinge, die aber mit dem Weckerklingeln augenblicklich zerstoben. Noch einmal ins Badezimmer, ein letztes Frühstück, Frau Blasewitz musterte ihn dann nochmals von allen Seiten, nickte anerkennend gab ihm hundert gute Wünsche mit auf den Weg und öffnete ihm eigenhändig die Flurtür. Er war schon unterwegs. Der Zug kam wider Erwarten pünktlich. Das Abteil, das Herr Drente sich aussuchte, empfing ihn mit auffälliger Stille, obgleich da schon vier ältere Leute saßen, die ihn bei seinem Eintreten fast ängstlich musterten. Er grüßte betont freundlich, schob die Koffer ins Netz und setzte sich. Die Blicke der Mitreisenden verrieten äußerste Vorsicht. Wirkte er etwa so streng?

Auch als sie dann abfuhren, blieb die Stille im Abteil merkwürdig bedrückend. Die Leute wirkten geduckt, beinahe wie eingeschrumpft. Es würde also keinerlei Gespräch geben. Drente hatte noch ein Rätselheft erstanden, doch irgendwie verspürte er noch keinen Drang, sich damit zu beschäftigen. Er schaute also an den anderen vorbei zum Fenster und zählte die Schienenstöße, eine geradezu blödsinnige Beschäftigung am Beginn einer solchen Reise. Vielleicht halten sie mich für einen Schnüffler, überlegte er. Na ja, wenn jemand in meinem Alter frech in den Interzonenzug nach drüben steigt, kann ja mit ihm eigentlich auch irgendwas nicht stimmen. Da war ihre vorsichtige Haltung schon verständlich.

Eine halbe Stunde schlich sich klappernd davon, endlich wurde der Zug langsamer. Drente sah, daß sie an einem pompös aufgemachten Bahnsteig einfuhren, ein auffallender Kontrast zu der sonst etwas verkommen wirkenden ländlichen Umgebung. Aha, der Grenzbahnhof, dachte er. Hier sind einst die D-Züge vorbeigedonnert, und der Name dieses Kaffs da draußen war völlig unbekannt. Wie sich doch die Zeiten ändern können.

Gleich wurde es amtlich. Uniformierte strebten eilfertig durch den Gang, dann öffnete sich die Tür, und die Mitreisenden schienen noch ein weiteres Stück in sich einzuschrumpfen. „Guten Morgen!" Das war eine nicht unfreundliche, aber befehlsgewohnte Stimme. Der Eintretende stellte sich sogar vor, doch Drente nahm weder seinen Dienstgrad, den Namen, noch sonst etwas zur Kenntnis. Er zog in aller Ruhe seinen Paß. Der Amtliche blätterte, schaute dem Inhaber mehrfach prüfend ins Gesicht und drückte schließlich einen Stempel in das so wichtige Dokument. Drente registrierte, daß der Mann ein aufklappbares Schreibgestell vor der Brust trug, sozusagen ein jederzeit griffbereites Büro für unterwegs. Sicher hatte das Ding einen dienstlich registrierten Namen. Der Stempel gab ein klapperndes Geräusch von sich, klapp-klapp, fünfmal, dann hieß es noch „Gute Weiterreise!“ und „Auf Wiedersehen'“. Das war durchaus höflich gesprochen, doch das „Dankeschön“ blieb ebenso zaghaft wie vorher die Antwort auf den ersten Gruß.

Reihum wechselte man stumme Blicke. Die Formalitäten waren ja noch nicht am Ende, da erschien noch eine Dame vom Zoll, und die war sehr neugierig. Das Muttchen schräg gegenüber von Drentes Platz mußte den Koffer öffnen und parierte mit zitternden Händen. Es war der alten Dame sichtlich unangenehm, ihre Wäsche so offen vor aller Augen vorzeigen zu müssen. Aber sie führte keine Konterbande bei sich. Noch einige Frage hin, Antworten zurück, endlich auch dann hierbei gute Wünsche für die Weiterreise, Tür auf, Tür zu, und drinnen gab es einen großen Seufzer. Herr Drente hob den Koffer wieder ins Gepäcknetz.

Als dann der Zug endlich abfuhr, schienen die Reisenden plötzlich zu ihrer normalen Fülle aufzuschwellen, sie bekam auf einmal Stimmen und schwatzten drauflos, machten sich gegenseitig auf die Grenzsicherungsanlagen aufmerksam, die man eben passierte. Herr Drente hätte sich nicht gewundert, wäre da auf einmal einer auf den Gedanken gekommen, laut zu singen. Außerdem – das fiel ihm jetzt deutlich auf, war das Geklapper der Schienenstöße verschwunden, und der Zug glitt der ersten Weststation entgegen.

Erneuter Aufenthalt, noch einmal Kontrolle, geschäftlich, nüchtern. Paß bitte? Fotovergleich – Okay' Bei Herrn Drente abermals Erstaunen über die relative Jugend dieses Reisenden, dazu die Worte: „Aha, Frankreich“, und die Frage: „Privat?“ – „Gewiß“, antwortete er. Gern hätte er hinzugesetzt: „Ja, mein Herr, es geschehen noch Zeichen und Wunder“, doch er unterdrückte das. Der Beamte war immerhin im Dienst, und im Dienst liebt der deutsche Beamte keine Scherze. Bald fuhren sie weiter.

In der folgenden halben Stunde erfuhr Herr Drente alles, was sich über die Mitreisenden sagen ließ. Das ältere Ehepaar am Fenster fuhr zur Tochter nach Köln, das andere Paar machte schon die dritte Reise in den Westen, und das Muttchen gegenüber wurde von einem Sohn erwartet, der sie in Hamburg mit dem Auto abholen würde. Und dann natürlich auch die allgemein brennende Frage, wieso denn Herr Drente, der doch noch so jung wäre, also wieso er denn reisen dürfte.

„Ich hab es einfach probiert“, war die Antwort.

„Wie denn? Einfach so? Geht denn das?"

„Sie sehen's ja."

„Merkwürdig. Haben Sie einen Bruder bei der Regierung oder so etwas?"

Herr Drente lächelte. Jetzt hatte er sein Publikum. „Ich bekam eine Einladung meiner Tante aus Paris", sagte er. „Ich bin also zur Polizei gegangen. Da war natürlich niemand, der für mich zuständig sein wollte. Ich habe mich also von einem Vorgesetzten zum nächsten hochgeredet, eine endlose Stufenleiter, kann ich Ihnen sagen; aber eines Tages stand ich dann doch ganz oben beim Ministerium vor dem, der mich nicht mehr weiterschicken konnte, weil da eben dann keiner mehr war."

Das Publikum lachte. „Aber das ist ja ganz ungewöhnlich", sagte der Mann am Fenster.

„Eben. Drum hat es wohl schließlich auch geklappt, einfach weil nie zuvor jemand auf den Gedanken gekommen ist, das auszuprobieren, verstehen Sie? Es gibt nämlich kein Gesetz, das uns im Osten so eine Reise verbieten würde. Man muß nur die Genehmigung dazu haben, und die habe ich mir geholt. Man nennt so etwas Überrumpelungstaktik, damit sind schon ganze Königreiche erobert worden. Die nächsten dürften es dann natürlich viel schwerer haben, denn die Gegenseite ist jetzt gegen Überraschungen gerüstet."

„Das ist ja eine unglaubliche Geschichte", sagte der erfahrene Westreisende. „Sie wollen uns doch wohl keinen Bären aufbinden?"

Herr Drente hob feierlich die Schwurhand. „Beim Barte des Propheten", sagte er und weckte damit abermals ein fröhliches Lachen.

Die Zeit verging auf einmal wie im Fluge. Drente kam kaum dazu, aus dem Fenster zu schauen, und er war doch so neugierig auf das hier drüben. Er nahm nur wahr, daß draußen überall private Firmenschilder warben. Ja, richtig, er war ja jetzt mitten im Kapitalismus, beim Klassenfeind also, hätte sich wappnen müssen mit tausend Argumenten, abwehrbereit bis in die letzte Hirnzelle. Aber er war wohl schon von der freiheitlichen Luft derartig infiziert, daß solche Gedanken nur Heiterkeit in ihm weckten.

In Hannover verabschiedete sich das Muttchen, und die erfahrenen Westreisenden mußten hier umsteigen, also rückte Herr Drente einen Platz näher zum Fenster. Ein Mann, der hier zustieg, gab sich sehr reserviert, also stockte nun auch das bisherige muntere Geplauder, endlich Gelegenheit für Herrn Drente, sich der Landschaft und den Orten draußen zu widmen.

Es war wirklich ein unterschiedlicheres Bild zu dem, das er von daheim her kannte und was dort der Alltag war. Es ist ein anderes Land geworden, dachte er, andere Menschen – und gestern waren wir noch Brüder, Kinder einer Mutter, und es war ein Land von Horizont zu Horizont. Aber wir sprechen die gleiche Zunge, tragen das gleiche Gesicht. Kann das auf die Dauer, sozusagen für die Ewigkeit geteilt bleiben? Er erinnerte sich an Berlin, an seine Gedanken zur Ewigkeit da im Ostbahnhof – wie lange war das schon wieder her.

Später ging er in den Speisewagen. Er konnte sich ein gutes Frühstück leisten dank seines Taschengeldes, bestellte sich aber doch nur ein Bier und das preiswerteste Essen: Rühreier mit Bratkartoffeln. Mit Westgeld geht man vorsichtiger um als mit der heimischen Währung. Bis das Essen kam, beobachtete er die Bedienung, ein dickschenkliges Gretchen mit Minirock und Servierschürze, und er spielte mit frivolen Gedanken. Waren das schon Vorboten der sündigen Stadt Paris? O ja, seine Grundsätze lagen schon in den allerletzten Zügen.

Als er ins Abteil zurückkam, las der neue Mitreisende in einer unglaublich dicken Zeitung, und die Herrschaften am Fenster holten versäumten Schlaf nach, also kam nun endlich Herrn Drentes Rätselheft zu Ehren. Starker Niederschlag mit dreizehn Buchstaben: Gewitterregen. Ein Blick aus dem Fenster, nein, draußen schien die Sonne, die Reise stand unter einem guten Vorzeichen. Ganz plötzlich kam Freude in ihm auf, eine richtige, heiße Freude.

Lange vor Köln schon wurden die Rentner am Fenster dann unruhig. Es gab auch wieder kurze Gespräche, an denen sich der ewige Zeitungsleser nicht einmal mit einem gelegentlichen Blick beteiligte. Er hatte natürlich längst gemerkt, daß hier die arme Verwandtschaft aus dem Osten fuhr. Nicht jeder wünscht Kontakt zu denen. Ganz plötzlich war man dann am Rhein, Herr Drente fühlte sich bewegt, als sie auf großer Brücke den mächtigen Strom überquerten, den er noch nie zuvor gesehen hatte. Auf der anderen Seite wuchs die beeindruckende Steinmasse des Kölner Doms auf, es war ein unvergeßliches Bild.

Dann die Halle des großen Bahnhofs. Drente half den Rentnern, das Gepäck herabzunehmen, auf dem Gang verabschiedeten sie sich mit vielen guten Wünschen. Er ließ das Fenster herab und lehnte sich hinaus. Es roch so unverkennbar nach Bahnhof. Direkt vor seinen Augen wurden die Reisegefährten von Tochter und Schwiegersohn begrüßt, Umarmung, Tränen. Der erste Satz, den Drente dann von der jungen Frau hörte, lautete zu seinem Ensetzen: „Vater! Aber mit dem Hut kannst du hier nicht laufen“ – Das empfand er wie eine Ohrfeige. Wäre mir das passiert, dachte er, ich hätte mich auf der Stelle umgedreht und wäre mit dem nächsten Zug wieder nach Hause gefahren. Kommentarlos!

Kann ich denn mit meinem Hut laufen? Oder mit meinem Mantel? Großer Himmel, da türmen sich Fragen auf. – Er schloß das Fenster und wandte sich zurück ins Abteil. Zu Mittag speiste er dann Goulasch mit Spätzle und trank eine Schoppen Südbadener Rotwein dazu, ein köstlicher trockener Tropfen. Dann aber fiel ihm ein, daß jetzt der Zeitungsleser mit seinem Gepäck allein war, aber was konnte ein Ostreisender schon Lohnendes bei sich haben, von da kamen doch lauter arme Schlucker.

Der Mann hatte wirklich anderes zu tun. Er hielt ein aufgeklapptes Diplomatenköfferchen auf den Knien und beschäftigte sich mit allerlei Papieren. Auch einer, der das Büro direkt vor dem Bauch hat, dachte Drente in Erinnerung an die Grenzkontrolle. Hängt ihm nicht irgendwo noch ein drahtloses Telefon am Sommermantel?

So, aber nun erst mal die Beine lang und ganz den Privatmann gespielt. Was kostet die Welt? Sie liegt mir voll zu Füßen.

XIV.

Der brave Bürger erreicht die fremde Welt

Vom Grenzübergang nach Belgien verspürte Herr Drente überhaupt nichts. Niemand fragte hier nach Papieren, dem Reiseziel oder dem Gepäck. Die haben sich hier inzwischen mit ihren Nachbarn besser geeinigt als wir untereinander, dachte er. Aufmerksam schaute er aus dem Fenster, suchte jedes schriftliche Zeichen dafür, daß er jetzt in einem Land mit französischer Amtssprache reiste, und er freute sich, wie gut er das lesen und verstehen konnte.

Die erste größere Stadt war dann Lüttich, ein Name, der ihn aufhorchen ließ. Das ist die Gegend, von der Vater erzählt hatte, dachte er. Hier also wurde im ersten Weltkrieg so erbittert gekämpft. Welch ein Wahnsinn! Die Gegenwart beweist doch immer wieder, wie gut man miteinander auskommen kann, auch wenn man mit unterschiedlicher Zunge spricht.

Im Verlauf der Reise tauchten immer mehr solcher Ortsnamen auf, an die er sich aus dem Geschichtsunterricht erinnerte, Namur, Dinant, Charleville, das aber lag nun schon in Frankreich – abermals war eine Grenze ohne das erwartete superamtliche Brimborium passiert worden. Vor Reims dann eine Gegend, die einmal für längere Zeit Frontgebiet gewesen war, durchpflügt von Tausenden von Granaten, sinnlos gedüngt mit dem Blut unglücklicher Männer, die hier ganz unheldisch ihr Leben aus sich herausgeschrien haben. Die Natur hatte inzwischen alles mit einem gnädigen grünen Schleier überzogen, doch Drente glaubte da und dort den Verlauf einstiger Gräben zu erkennen. Hier war der Boden nachhaltig zerstört und vergiftet worden, und das hier und da verkrüppelt aufwachsende Holz schien noch immer darunter zu leiden. Ach, wenn so etwas doch für immer Geschichte bliebe, dachte er.

Ein schönes Land, dieses Frankreich, nette Dörfer und Städte. Auffallend schien ihm, daß hier die Dächer mit anderen Ziegeln gedeckt waren als daheim. Die Landschaft lud zum Verweilen ein, doch der Zug brauste weiter seinem geheimnisvollen Ziel entgegen. Über all dem Schauen wurden Drente schließlich die Lider schwer, und er schlief ein.

Dann aber plötzlich Paris. Langsam fuhr der Zug in den Gare du Nord, den Nordbahnhof der Hauptstadt ein, stand still. Sogleich umgab ihn die Geschäftigkeit des Bahnsteigtreibens, Drente kam sich wie verloren vor mit seinen Koffern, trottete dahin im Strom der Reisenden. Zwar hatte ihm seine Tante Jeannette noch ein Foto geschickt, doch er war sich nicht sicher, ob er sie gleich erkennen würde; denn sie hatten sich seit einer Ewigkeit nicht mehr gesehen.

In der Kette der Wartenden dann eine aufgeregt winkende Frau.

„Helmut!"

„Tante Jeannette?"

„Oui, mon chèr!"

Umarmung, Küsse, der noch unbekannte Onkel, schmalgesichtig, hager, eine exakte Verbeugung andeutend. Auf dem Weg zum Ausgang dann ein Redeschwall, halb deutsch, halb französisch, und draußen jetzt ein wogendes Gebirge von Hektik, Gepäckträger, Müßiggänger, ein musizierender Farbiger, Kinderwagen, Bettler, ein Pflastermaler, patrouillierende Flics, fliegende Händler, Studenten, lachende Mädchen, Geruch nach Gegrilltem, ein unrasierter Alter, die Rotweinflasche hoch vor dem Mund – Gottseidank, endlich das Auto.

Unterwegs viele Erklärungen, Straßennamen flatterten an Drentes Ohren vorbei, ein Wunder, wie der Onkel sich in diesem Verkehrschaos überhaupt zurechtfand, und dazu radebrechte er noch mühsam auf Deutsch.

„Mon oncle“, sagte Drente, „parlons français, s'il vous plait! Sprechen wir bitte französisch.“

„Oh“, staunte die Tante, „tu parles français?“

„Oui, madame!“

Nun war es aber erst einmal an den Verwandten zu staunen. Er kommt von weit her hinter dem Eisernen Vorhang und spricht französisch? Das ist ja unglaublich! „Und du hast gar keinen fremden Akzent“, lobte die Tante.

„Mein Lehrer wurde in einer französischen Klosterschule erzogen“, sagte Drente. „Er achtete darauf, daß in seinem Unterricht nur französisch gesprochen wurde, ganz gleich, ob wir die Fenster öffnen sollten oder einer von uns zur Toilette mußte. Und was man sehr jung lernt, vergißt man nicht so leicht wieder.“

„Vraiment – wie wahr!“

Sie fuhren zwischen Fahrzeugen aus aller Herren Länder schnurgerade Avenuen entlang, immer in westlicher Richtung. Die Verwandten wohnten in Neuilly nahe dem Bois de Boulogne, einem der berühmten großen Pariser Parks. Herr Drente hatte sich schon daheim mit dem verwirrenden Straßengeschachtel des Stadtplans vertraut gemacht. Sie mußten fast quer durch das ganze Häusermeer fahren. Endlich tauchte voraus der wuchtige runde Turmbau des Palais de Congres auf, dahinter begann Neuilly, und die Rue Perronet, in die sie schließlich hineinfuhren, erwies sich als eine ruhigere Nebenstraße. Hier also, in einem passablen Mietshaus, würde er nun für zwei Wochen wohnen.

Die Verwandten gehörten dem gutsituierten Mittelstand an, der Onkel hatte als Stadtamtmann, als Bailli, beim Magistrat eine auskömmliche Beamtenstellung inne, also erwies sich die Wohnung auch als behaglich und mit einer gewissen wohltuenden Eleganz eingerichtet. Das freundliche Zimmerchen, das Helmut Drente sogleich vorgezeigt bekam, lag zum Hof hinaus. In der Wohnung roch es schon verlockend; denn in Frankreich wird die Hauptmahlzeit, das Souper, gewöhnlich gegen Abend eingenommen, und die Köchin hatte inzwischen schon alles dafür vorbereitet.

Auch während des Essens plauderte die Tante ununterbrochen munter drauflos. Drente entsann sich dunkel, daß das früher wohl auch schon so gewesen war. So erfuhr er in kurzer Zeit ausführlich alles, was sich von der Familie berichten ließ. Die beiden Töchter waren auswärts verheiratet, sicher würden sie sich die Gelegenheit den fremden Cousin kennenzulernen, nicht entgehen lassen. Für ihn war auch schon so etwas wie ein regelrechtes Programm aufgestellt worden. Heute würde er von der langen Reise wohl zu müde sein und sich nach Ruhe sehnen, aber ab morgen: Museen, Sacré Coeur de Montmartre, Notre-Dame, Louvre, die Tuillerien, der Eiffelturm und abends die Opéra und natürlich für ihn als Gast die Folies Bergère, versteht sich.

Herr Drente protestierte nicht, jetzt noch nicht; denn er wollte eigentlich viel allein in der fremden Stadt umherlaufen und Motive für seine Kamera suchen, und das sollten nun einmal nicht die berühmten Monumente sein, die man doch tausendmal fotografiert gesehen hatte, sondern die alltägliche Großstadt, das Treiben in ihren Straßen, die Maler an der Seine, die winkligen Gassen mit den alten Mansardenhäusern am berühmt-berüchtigten Montmartre. Das alles wollte er seinem Publikum zeigen, damit sie Vergleiche hätten zu ihrem eigenen Leben und etwas aus der Welt erfahren konnten, die ihnen – jedenfalls vorläufig – noch mehr oder weniger verschlossen blieb.

Der Onkel entkorkte schon die zweite Flasche Rotwein, erst jetzt taute auch er auf und unterbrach mehrfach den Redeschwall seiner Frau, was sie anscheinend gar nicht so gern hatte, doch Drente unterstützte ihn jetzt nach Kräften. Es gab ja auch so viele Fragen zu beantworten. Wie denn das gewesen war, als er sozusagen den Eisernen Vorhang durchbrochen hatte. War das nicht gefährlich? Mußte er vorher Beamte bestechen oder sich zu irgendetwas Besonderem verpflichten? Durften denn nicht überhaupt nur verläßliche Kommunisten solche Freiheiten wie die jetzige genießen? War er also einer? „Ehrlich, mon chèr neveu!"

Die Tatsache, daß Drente daheim auch einen völlig normalen Alltag lebte, schien dem Onkel unbegreiflich. Man hörte doch so viel Böses! War denn da drüben nicht jeder Gang, jede Stunde genau vorgeschrieben? Drente mußte lachen, und er dachte: Warum greifen wir nicht jede Gelegenheit beim Schopf, einander näher kennenzulernen und solche Irrsinnigkeiten auszuräumen? Wir sind doch angeblich so für Völkerverständigung. Dazu reichen Zeitungen und Rundfunksender nicht aus, zumal jede Seite ganz anders redet. Die Medien bescheren uns gegenseitig einen solchen Berg von Voreingenommenheit und Mißdeutungen, daß wir einander fremd bleiben müssen, gerade so, als lebten wir auf verschiedenen Sternen. Ich muß versuchen, in meinen Vorträgen künftig da einige Brücken zu bauen. Wird man mich aber lassen?

Allmählich kam auch er in Stimmung, und plötzlich kam die Tante mit einer Gitarre an, zerschlissene alte Seidenbänder hingen daran herunter, und da dämmerte ihm ein Stück Jugend auf. Ja, damals, als er noch ein Kind war, da hatte Tante Johanna mit einer dünnen, aber feinen Stimme zu diesem Instrument Volkslieder gesungen. Er begriff, daß der Wein sie in nostalgische Stimmung versetzt hatte, ein Stück alte Heimat stieg in ihr auf, ein Stück ihres einstigen jungen Lebens. Und richtig, sie stimmte die Gitarre ein und begann zu singen. „...sterb ich, in Talesgrunde will ich begraben sein..." Und die Stimme war noch die gleiche wie einst.

Herrn Drente überkam ein eigenartiges Gefühl der Geborgenheit, wie man sie nur im Kreis einer Familie empfinden kann. Es war ja viel zu lange her, daß er einem solchen Kreis angehört hatte, damals beseelt von dem Gedanken, hinauszustürmen, sich das eigene Stück Welt zu erobern, sich zu beweisen. Man ist sich das schuldig, sonst bleibt man für ewig ein bevormundeter, eingegrenzter Abhängiger.

Ja, er war hinausgestürmt und nun gar aus der größeren Bevormundung des Staates, und er fand ganz weit draußen das wieder, was er einmal aufgegeben hatte. Eine merkwürdige Feststellung. So anheimelnd dieses Gefühl immer sein mochte, er wollte sich ihm nicht zu lange hingeben. Er war ja nicht nur nach Paris gekommen, um die Tante wiederzusehen, er brauchte Erlebnisse, Erkenntnisse, die sich festhalten und mit heimnehmen ließen. Außerdem – ihn überkam plötzlich eine ganz tolle Erkenntnis – war es nicht möglich, künftig ganz einfach wiederzukommen? Man geht zu denen hin und sagt: „Ich bitte um ein neues Visum. – Aber, aber, meine Herren Genossen, wieso denn beim letzten Mal und diesmal nicht? Hat sich denn seither etwas geändert? Neue Bestimmungen oder gar die so oft und gern zitierte politische Lage?"

Er rief sich zur Ordnung: Ich bin in Paris und dabei mit den Gedanken schon wieder dort, wo ich gerade erst hergekommen bin. Ob das denen, die für immer weggegangen sind, auch so geht? – Zum Glück riß ihn der Onkel in die Gegenwart zurück. Wenn man einer fremden Sprache einigermaßen mächtig ist, fängt man an, in ihr zu denken, da bleibt kein Platz mehr für ein fernes Zuhause. Die Gegenwart regiert, nur die Gegenwart, und die heißt Paris.

Endlich lag er dann in seinem Gastzimmer und konnte trotz des ereignisreichen Tages, den er hinter sich hatte, noch nicht einschlafen. Er schaute an die Decke, über die ab und an Lichtreflexe zuckten, die von weither zu kommen schienen. Wahrhaftig, das war ein Tag! Für den braven Bürger Drente sozusagen eine Weltreise. Unglaublich, daß andere Menschen diese Reise durch ein

Stückchen Europa geradezu als lächerlich empfinden mochten, weil für sie die normale Welt ganz andere Dimensionen umfaßte, Weiten, die man mit schnellen Autos durchmaß oder noch viel einfacher im Flugzeug. Was spielen Grenzen da noch für eine Rolle?

Wie fern ist nach diesem Tag schon unser kleines Land, das sich daheim so groß gibt, dachte er. Irgendwie enttäuschend, daß wir für die Welt draußen in Wahrheit so wenig bedeuten. Das werde ich wohl ebenfalls erzählen müssen, wenn ich wieder zu Hause bin; aber wird man es auch begreifen und mich nicht für einen Miesmacher halten, der den Genossen die so großzügig gewährte Ausreise mit Undank lohnt? Dann hätte man ja recht damit, die eigenen Grenzen möglichst dicht zu halten, wenn das Ergebnis so aussieht. O ja, wir sind immer und immer wieder gezwungen, mit Lügen Tatsachen zu verschleiern. Ist denn der Sozialismus wirklich so schwach, daß er vor der kleinsten Wahrheit zittern muß?

XV.

Im schönen, wilden Hexenkessel

Die Verwandten hatten alles wohl vorbereitet, es war zu spüren, daß der Onkel als Beamter diente. Sogleich nach dem petit déjeuner, dem landesüblichen kleinen Frühstück, brachen sie mit ihrem Gast auf, um ihm die große Stadt Paris zu Füßen zu legen. Wie erwartet, steuerten sie wirklich ersteinmal jene berühmten Örtlichkeiten und Gebäude an, die man ganz selbstverständlich mit der französischen Metropole verbindet. Häuser und Straßen zogen draußen vorbei wie ein Bilderbogen, Herr Drente ließ den Blick umgehen, jetzt sollten ihn die Kollegen vom Theater sehen, seine brave Frau Blasewitz, ihn inmitten dieses Gebrodels von Verkehr und Straßen und Häuservierteln.

In der Nähe des Louvre fand der Onkel einen Platz für den Wagen, und dann gab sich die große Stadt hautnah. Um diese Zeit waren schon viele Leute unterwegs, Hausfrauen, ihr frisch erstandenes Stangenbrot im Arm, Männer, die es eilig hatten, andere, die nur so umherschlenderten, alle Hautfarben der Menschheit, dann wieder unverkennbar die Touristen, sich gegenseitig lautstark auf Sehenswürdiges hinweisend, dazwischen spielende Hunde, Kinderwagen, und vor den Straßencafés schon viele besetzte Stühle, nicht zu vergessen zahllose Verkaufsstände, in denen alles angeboten wurde, was sich vielleicht zu Geld machen ließ.

Herr Drente schmunzelte im Gehen vor sich hin. Das alles wollte er in den nächsten Tagen festhalten mit Kamera und Notizbuch, sie würden Mund und Nase aufsperren im Kulturbund, wenn er ihnen das vorführte. Er fühlte sich jetzt schon ganz unabhängig.

Die Tante hatte ihrem Gast am Morgen eine volle Geldbörse zugesteckt und seinen leisen Einwand darüber entrüstet zurückgewiesen. Sie hatte ihn eingeladen, er war ihr Besuch, er kam aus einem Land, dessen Geld außerhalb seiner Grenzen nichts zählt, also? Außerdem, wann hatte sie sich denn dem einzigen Jungen ihrer älteren Schwester mal wirklich als die liebe Tante erweisen können? Das wollte sie jetzt alles nachholen.

Herr Drente hatte sie umarmt und das schwarze Lederding ganz unten in die Hosentasche verschwinden lassen. Nun noch das Taschentuch drüber. Jetzt trug er sein Geschenk, dessen Umfang er noch gar nicht kannte, sorglich nahe am Bein, wo er ständig fühlen konnte, daß es noch kein flinker Straßenvoleur im Vorüberstreifen an sich gerissen hatte.

Irgendwo stießen sie auf Bekannte, und es gab eine große Vorstellung: Unser Neffe, ein Schauspieler aus der anderen Welt. Dann natürlich Fragen über Fragen: „Ein Comédien? Und wo kommen Sie her? Mon Dieu! Das ist ja hinter dem eisernen Vorhang, und da wohnen wirklich Menschen?"

„Wie Sie sehen, Madame!"

Neue Fragen, immer und immer neue, ernsthafte darunter, aber natürlich auch ganz verrückte: „Sie beten also zu diesem Stalin, oder zu wem auch immer?"

„Ich bete gar nicht, Madame."

„Ein paien also, ein Heide!"

„Wenn Sie es so sehen wollen, Madame."

„Wie sind Sie denn aber da rausgekommen? Nachts über die Grenze? Schüsse im Rücken? Reden Sie doch..."

Herr Drente mußte nun doch lachen. „Sowas gibt es natürlich", sagte er; „aber ich bin kein Held und auch überhaupt nicht leichtsinnig. Ich habe mir also vorsichtshalber die notwendigen Genehmigungen geholt."

„Wie denn? Einfach so?"

„Gewiß, auch bei uns hinter dem eisernen Vorhang geschehen noch Zeichen und Wunder, Madame."

Kopfschütteln, Lachen, Schulterklopfen. Abermals eine kleine Aufgabe vorzüglich gelöst, dachte Drente, und er war froh, als sie sich endlich verabschiedeten und weitergingen. Gern hätte auch er sich jetzt einfach davongemacht, allein in den Hexenkessel dieser Stadt oder auch in die kleinen, vergessenen, schmutzigen Pariser Winkel, in denen auch Menschen zu Hause sind, im ganz gewöhnlichen Alltag des großen Gemeinwesens. Aber er wollte die Verwandten nicht enttäuschen. Sie hatten ihr Programm, und wer hat es schon gern, wenn man ihm das Programm durcheinanderbringt.

Er spürte ihren Stolz, mit dem sie ihm ihr Paris zeigten. Nein, das durfte er ihnen nicht verwehren, so sehr die Ungeduld in ihm brannte. Er nahm den Louvre in sich auf, erlebte hautnah unsterbliche Kunst, entdeckte sogar manches Vertraute. Da hingen Millets „Ährenleserinnen", dieses Bild hatte die Großmutter über ihrem Sofa hängen, mitten zwischen dem „Angelusläuten" und Henners „Fabiola" mit ihrer so wunderschönen Gesichtshaut. Große Namen rauschten an ihm vorbei, Hébert, Delaroche, Raffael, Tizian, es war einfach zuviel, so etwas im Daherschlendern richtig zu genießen, lediglich vor Renoirs „Moulin de la Galette" blieb er länger stehen und betrachtete amüsiert den dargestellten Volkstrubel in einem Wirtshausgarten.

Draußen dann noch das Schloß mit dem unvermeidlichen Fremdenführer: „...um zwölfhundert erbaut an Stelle einer Burg... Königssitz, Heinrich II. von Frankreich... Witwe Catharina von Medici, Tuillerien erbaut, seit 1753 Museum und eine der großen Kunstsammlungen der Welt..." Herr Drente suggerierte sich das mittelalterliche Bauwerk herbei, in dem das Mordgeschrei der Bartholomäusnacht so schrecklich aufgebrochen war; denn er hatte erst vor kurzer Zeit Heinrich Manns „Henri quatre" gelesen, wo sich das alles so erschreckend nah gestaltet findet.

Irgendwohin gingen sie zum Déjeuner, und man läßt sich in Frankreich viel Zeit mit dem Essen. Er dankte seinen Gastgebern, lobte die Stadt, gab sich heiter und zufrieden; denn das erwartete man von ihm. Paris ist nun einmal das konzentrierte Frankreich, hier, nur hier wurde die Geschichte des Landes geschrieben, ganz anders als in Deutschland, wo Aachen, Frankfurt, Berlin und einst auch Wien als Residenzen geglänzt hatten, und wo das Land sicherlich jederzeit auch von jeder beliebigen Stadt regiert werden konnte.

Am Nachmittag dann ein großes bewegtes Panorama: Notre Dame, Eiffelturm, Arc de Triomphe, Basilique du Sacré Coeur. „Die Besichtigungen heben wir uns für später auf", sagte der Onkel. „Man muß es mit Paris halten wie mit einem guten Essen, viel Zeit nehmen und jeden Gang einzeln genießen." Drente war ihm dankbar dafür, nichts war ihm fürchterlicher, als wenn eine Besichtigung die andere jagte und eine solche Stadt zur Stopfwurst zusammengequetscht wurde.

Den abschließenden Bummel entlang der Quais an der Seine lehnte er jedoch nicht ab. Endlich ging es dann zurück in die kühle Stadtwohnung, dort noch etwas „sieste" zu halten; denn für den Abend wurde dem Gast die Opéra angekündigt. Und ich habe immer gedacht, in Frankreich ginge es gemütlich zu, dachte er.

Beim Abendessen stellte die Tante eine Frage, die ihr schon den ganzen Tag auf der Zunge gelegen hatte: „Sag mal, Helmut, nun ganz im Ernst, willst du wirklich dorthin zurückkehren? Du hast doch da niemanden mehr. In Westdeutschland findest du bestimmt ein neues Engagement, und du könntest von dort aus auch jederzeit zu uns kommen, ohne erst irgendwelche Leute darum bitten zu müssen."

Er zuckte mit den Schultern. „Ach, weißt du Tante", antwortete er, „ich liebe meine Stadt, ich habe da Kollegen und Bekannte und mein Publikum und den Kulturbund, das ist viel. Ihr könnt euch das alles nicht so vorstellen. Wir sind nicht die seufzende graue Masse, wie man allgemein im Westen zu glauben scheint. Wir haben uns den Umständen entsprechend eingerichtet und uns vieles mit unglaublichem Erfindungsgeist aufgebaut. Freilich gibt es da viel Improvisation, aber auch das hat irgendwie seinen Reiz. Am Ende bleibt da ein völlig normaler Alltag. Und irgendwie ist auch einer für den anderen da, und man hängt aneinander. Jedenfalls mir geht das so, ich weiß nicht, wie es bei anderen ist."

„Ich weiß nicht", meinte sie. „Ihr seid doch da in eurem Land aber wie eingesperrt. Alles kriegt ihr vorgeschrieben. Da ist doch keine Spur von Freiheit. Sehen denn das eure Politiker nicht ein?"

„Die kennen doch auch nichts anderes. Erstens hat keiner von denen das Regieren wirklich gelernt, und zweitens kriegen sie doch ihre Anweisungen aus Moskau. Die sind doch nicht unabhängig und müssen sich auch nach der Decke strecken. Selbst bei allem guten Willen haben die auch ihre Grenzen."

Schließlich noch der Onkel: „Würdest du denn nicht aber vieles bei euch ändern wollen?"

„Aber sicher würde ich das“, sagte Drente. „Ich würde gern gewissen Herren ihre Privilegien wegnehmen. Wenn schon Sozialismus, dann aber auch richtig, nicht so diktatorisch und so voller Mißtrauen. Unsere Oberen nehmen die Republik hin wie einen großen Selbstbedienungsladen, und sie haben keine Ahnung, wie man lebt, wenn man auf das angewiesen ist, was es gerade gibt. Oft essen wir doch nicht, worauf wir gerade Appetit haben, sondern wir essen das, was gerade im Laden angeboten wird. So sieht es aus.“

„Das kann doch wohl aber nicht ewig so bleiben,“ meinte die Tante.

„Für kein Land der Erde gibt es Ewigkeiten“, sagte Herr Drente und sah auf einmal wieder das Transparent vom Berliner Ostbahnhof vor sich. Ewige Freundschaft zur ewigen Sowjetunion oder so ähnlich. „Sicher wird sich vieles ändern müssen“, fuhr er fort, „aber das wird nicht von uns ausgehen können, sondern von Moskau. Auch da wächst eine neue Generation heran, die wird anders denken als ihre Väter, weitblickender, der Entwicklung entsprechend. Davon bin ich überzeugt. Aber erwartet bitte nichts von mir kleinem Würstchen. Ich bin kein Revolutionär, bin kein Held, nicht einmal auf der Bühne. Da bin ich ein bescheidener Charakterspieler und im übrigen Leben halt ein braver Bürger, und ein solcher begeht keine unerlaubten Sachen, das dürft ihr mir unbesehen glauben.“

Das verstand der Onkel, schließlich war er ein Beamter und kannte sich in Anordnungen aus. Er nickte, lächelte und sagte nach einer Weile: „Vielleicht sind die braven Bürger zu allen Zeiten an den Wechselfällen der Weltgeschichte schuld gewesen; denn sie haben bei allem, was ihnen die Großen befahlen, gehorsam mitgemacht, haben Kriege ermöglicht, Diktatur und viel Unrecht. Das ist eigentlich furchtbar, ja?“

Damit war dieses Thema fürs Erste abgeschlossen, erschöpft war es sicher noch lange nicht, doch man wollte ja an diesem Abend in die Opéra. Herr Drente wäre gern daheimgeblieben, er fühlte sich nach den Eindrücken dieses Tages fast überfordert. Andererseits, die berühmte Pariser Oper, wie verlockend für einen Mimen, sich im prachtvollen Foyer dieses Hauses das Fluidum des fin de siècle vorzustellen, die Zeit der Bohème, der Traviata. Die Frauen mit kunstvollen Frisuren in rauschender Seide, die Herren mit Frack und Zylinder. Und überhaupt, das war eben das Theater, hier wie dort, und Herr Drente hätte eigentlich durch den Bühneneingang in die Garderobe gehen wollen und nicht auf die hinteren Parkettplätze, dem Salär des beamteten Onkels angemessen.

Man gab heute Daniel Aubers „Fra Diavolo", die komische Oper voller Räuberromantik mit liebenswürdigen Schurken und spritzigen Melodien. Herr Drente entsann sich, daß er daheim vor Jahren als blutjunger Anfänger bei „Fra Diavolo" in einer stummen Rolle einspringen mußte. Überhaupt waren in den kleinen Häusern Schauspiel und Musiktheater viel enger miteiander verbunden als an städtischen Bühnen. Doch es hatte Spaß gemacht damals, und es machte ihm auch heute Spaß, und er mußte an sich halten, nicht Diavolos Arie „Erblickt auf Felsenhöhen" leise mitzuträllern.

XVI.

Intermezzo unter den Brücken

So verging eine Woche. Die Verwandten blieben rührend besorgt und vermehrten Herrn Drentes Bildung beträchtlich. Sie fuhren mit ihm tief unten in der Métro und dann hinauf auf den Eiffelturm, so weit das Besuchern erlaubt war. Sie besichtigten miteinander den Triumphbogen, zeigten ihm den Bois de Boulogne und die Schönheiten von Versailles und bescherten ihm das Erlebnis einer Schiffsfahrt auf der Seine. Er ließ auch geduldig die Führung durch einige der schönsten Pariser Kirchen über sich ergehen und trabte mit ihnen brav durch das Marine- und das Kolonialmuseum.

Eines Abends saß er dann mit Onkel Jean Martin und Tante Jeannette im Folies-Bergère und überlegte angesichts der prächtig gewachsenen freibusigen Tanzgirls, was wohl die Bezirksleitung der Partei der Arbeiterklasse sagen würde, käme das Stadttheater daheim auf den Gedanken, eine solche Revue so auf die Bretter zu bringen. Für den Publikumserfolg freilich würde er ohne Bedenken mit seinem eigenen Kopf einstehen.

„Eh bien!" hieß es bei der Heimfahrt. „Gibt es das bei euch auch?"

Herr Drente schüttelte den Kopf. „Unser Staat sorgt sich um die Tugend seiner Bürger", entgegnete er. „Unmoral läßt er nicht zu."

„Hélas", sagte der Onkel erstaunt. „Fühlst du dich nach diesem Abend in deiner Moral bedroht?"

„Und wie! – Ich kann kaum an mich halten."

Daheim erfuhr er, daß der Onkel am folgenden Tage wieder in seinem Büro im Charge municipale erwartet würde, weil sein Urlaub abgelaufen wäre. Der

Neffe müßte sich nun also dann und wann allein umschauen. Er erhielt noch etliche Verhaltenshinweise, wurde vor Taschendieben, Zuhältern und anderem windigen Gesindel gewarnt und versprach, alle Tips brav und geflissentlich zu beachten.

Dann also der erste eigene Tag. Er kleidete sich bewußt unauffällig, verabschiedete sich von der Tante, die ihm in der Tür noch mit dem Finger drohte, dann gehörte er ganz sich selbst. Er schlenderte zur Metrostation Les Sablons und fuhr aufs Geratewohl ins Zentrum der Stadt. Dann stand er nur noch und wartete, ohne noch recht zu wissen, worauf.

Straßen und Menschen, ein lebendiges Mosaik, pulsierende Unruhe, mitten darin ein Mann, der sich unaufhörlich umschaut, die Kamera schußbereit vor der Brust. Niemand nimmt Notiz von ihm, obgleich er allen Leuten ins Gesicht sieht, gespannte Neugier, es könnte sich ja in jedem Augenblick vor ihm für einen kurzen Moment das Fotomotiv ergeben, auf das er wartet. Er hätte ebensogut in einem Wasserfall eine lohnenswerte Kombination von Tropfen erhoffen können. Welche Illusion!

Herr Drente sah, daß er nicht als einziger so durch die Straßen ging, da schienen viele wie er auf den himmlischen Wink zu warten, jetzt den Auslöseknopf zu drücken. Paris ist in seinem äußeren Bild längst totfotografiert worden, ebenso totfotografiert wie vor Jahrzehnten totgemalt. Er wollte das Herz finden.

Für Menschen, die hier wohnten, war diese Stadt nüchterner Alltag, sie strebten ihren Zielen entgegen, ihr Unterwegs war eigentlich vergeudete Zeit, eine Anmarschstrecke, mehr nicht. Langsam ging er weiter, blieb an einer Straßenkreuzung stehen, um ihn her Gesprächsfetzen, englisch, italienisch. Die Luft war voller Taubengeflatter. Drente fotografierte einfach drauflos, lauter Banalitäten, Menschen halt, Autos, unwichtige Details, einen Abbé mit seinen Schützlingen, einen Artisten, der sich auf offener Straße produzierte, Leute mit Gepäck, mit Blumen, Händler, geduldig auf Käufer wartend. Weiß der Himmel, ob er das je für seine Vorträge im Kulturbund brauchen könnte.

Ein unrasierter Alter fiel ihm auf, die Rotweinflasche halb erhoben. Als Drente die Kamera hochnahm, verfiel der Mann sogleich auf verschiedene Positionen, ganz so, als stünde er hier jeden Tag für die hungrigen Objektive der Touristen bereit. Drente gab ihm ein paar Münzen. Der Mann dankte unterwürfig. – Ja, richtig, fiel es Herrn Drente ein, die Clochards, die Leute unter den Brücken, gibt es die wirklich? Er schlug die Richtung zur Seine ein.

Glitschige Treppenstufen führten hinab zu einem kiesigen Uferstreifen. Dort eine Brücke und darunter tatsächlich Menschen, sitzend, liegend, wenige Habseligkeiten bei sich, Gerümpel, Kisten, ein wackliger Stuhl, ein angeschlagener Eimer, alles zusammen ein Bild des Elends und der Verkommenheit. Drente schämte sich plötzlich, in diese Welt eindringen zu wollen, touristische Neugier, das pure Menschenleid zu betrachten und zu fotografieren wie eine Fremdenattraktion.

Er stieg also wieder hinauf, verstand nicht, was sie ihm nachriefen, suchte und fand eine Bude, in der jemand Wein und Schnaps anbot, kaufte zwei Flaschen vom billigsten Pernod, die er dann rechts und links in die Jackentaschen steckte. Auf einmal war er wieder der Aljoscha aus Gorkis „Nachtasyl“, der seinem verwanzten Lager entgegentaumelte.

Unten bekam er sofort Kontakt. Sie nahmen eine der Flaschen als Einstand, rückten für ihn ein Stück zur Seite, ließen sein Mitbringsel kreisen, und auch er bekam seinen Schluck ab. Man fand rasch ins Gespräch, und auf einmal waren nicht sie die Fremdenattraktion, sondern er. Man kannte sich schon mit Namen, und jetzt hagelte es von ihrer Seite aus Fragen über Fragen.

So, er wäre von dorther ganz im Osten. Ein armes Land, wie man hörte, und die Menschen ohne jede Freiheit. – „So, hört man das?“ – „Na ja, die Freiheit, unter den Brücken zu schlafen, die haben wir nicht.“

„Quoi? – Gibt es das bei euch nicht?“

„Nein, das würde man nicht dulden.“

„Und wo bleibt einer, den sie exmittiert haben, so wie ich?“

„Exmittiert?“

„Sage bloß, du kennst das nicht, Allemand.“

„Nein.“

„Es wird doch wohl Leute bei euch geben, die ihre Miete nicht bezahlen.“

„Sicher!“

„Und?“

„Nichts und.“

„Die schmeißt man nicht raus?“

„Nein, das ist nicht erlaubt.“

Der spinnt doch wohl, dieser Mensch von hinter dem eisernen Vorhang, der will uns doch etwas weismachen. Aber wozu? Sein Pernod ist gut, jetzt zieht er auch noch die zweite Flasche aus der Jacke, ein Copain, ein Kumpel also, der kann uns doch nicht belügen.

Francois kam näher, sein linkes Auge stand schief, die Zahnlücken wirkten absoßend. „De bonne foi!“ rief er. „Ehrlich! Was geschieht, wenn sich bei euch einer vor den Bahnhof setzt und die Leute um Geld anbettelt.“

„Ich weiß nicht“, sagte Drente. „Ich nehme an, man wird ihm hochhelfen und ihm im Wartesaal eine Suppe bezahlen. Man wird ihn wohl auch fragen, wieso er denn da sitzt.“

„Und die Polizei?“

„Die würde wohl sowas überhaupt nicht dulden.“

„Hélas!“ schrie Maurice, sein Nachbar, und rückte die Baskenmütze noch schiefer. „Die Freiheit, unter der Brücke zu wohnen, soll mir keiner antasten, keiner!“

Herr Drente reichte ihm die Flasche. „Würdest du, wenn es kalt ist, nicht lieber in einem warmen Bett liegen?“

„Vraiment! Das schon, aber am andren Tag würde ich sicher das Bett verkaufen und mir dafür ein paar Flaschen Absinth holen für mich und meine Kameraden.“

„Könntest du nicht arbeiten?“ fragte Drente.

„Sûrement, na sicher; aber ich will nicht, verstehst du? Ich will nicht! Würde man das bei euch nicht dulden?“

„Auf gar keinen Fall.“

„Sperrt ihr solche Leute ein?“

„Vielleicht, ich weiß nicht. Ich kenne keinen. In irgendeinen Betrieb kommt wohl jeder. Klar, wir füttern zur Not auch Faulenzer durch, so wie die totale Geldgesellschaft ja ganz nebenbei auch die Verbrecher begünstigt. Alles hat zwei Seiten.“

„Aber das ist nichts!“ schrie jetzt Francois. „Ich will tun und lassen können, was ich will, nicht, was man mir vorschreibt. Das ist meine Freiheit! Gott sorgt schon dafür, daß ich jeden Tag meinen Tropfen in die Kehle kriege, so wie heute, Mitbruder.“

„Aber man müßte sich doch ganz allgemein um euch kümmern“, sagte Drente. „Könntest du dir nicht vorstellen, daß so, wie ihr hier untereinander zusammenhaltet, euch helft und beisteht, daß das auch eine ganze Gesellschaft könnte?“

„Er redet wie einer von den frommen Brüdern“, sagte eine verhärmte Frau, die sich bisher nicht am Gespräch beteiligt hatte. So lief es nun weiter mit Rede und Gegenrede. Herr Drente blieb keine Antwort schuldig und schoß zwischendurch jetzt Foto auf Foto.

So locker, so gelöst hatte sicher kaum jemand diese Leute hier auf den Film gebannt. Dabei überschlugen sich seine Gedanken. Das hier also war die totale Freiheit, und die priesen sie so, als wäre sie ihr höchstes Gut. Er begriff das nicht. Sahen denn diese Menschen hier nicht, daß man sie in diese Freiheit geworfen und sie dort allein gelassen hatte?

Als er ging, riefen sie ihm nach, er sollte wiederkommen, wann immer er wollte. Es müßte auch nicht Pernod sein, er könnte gern irgendeinen Rotwein mitbringen. Er winkte zurück. Am Ufer stolperte er fast über einen, der dort lag und schlief, ein schwer atmendes Bündel Lumpen. Ja, totale Freiheit ist wohl auch totale Einsamkeit, überlegte er. Wer nicht kontaktfreudig ist, der verkommt schließlich auch für sich allein.

Seine Gedanken ließen ihm keine Ruhe mehr. Es kann doch nicht sein, daß diese Elenden hier alle ihr Los so gewollt haben, das wäre unmenschlich. Und meine Fotos von diesen Menschen werden bei den maßgeblichen Leuten daheim sicher viel Beifall finden: Da könnt ihr mal sehen, was es mit der vielgepriesenen kapitalistischen Gesellschaftsordnung in Wahrheit auf sich hat. Das würden wir niemals dulden.

Gewiß nicht. Wir werden wie Kinder an der Hand gehalten, alles wird für uns geregelt, wir haben keine eigene Entscheidungsgewalt. Natürlich ist man da sicher; aber Sicherheit ist wohl nicht alles. Der Mensch bleibt nicht ewig ein Kind, er muß sich nun einmal selbst bewähren dürfen. Aber wenn er es nicht kann? Wie weit geht allgemeine Wohlfahrt? Darf man so etwas wie die Armut kurzerhand verbieten, auch auf die Gefahr hin, daß dann alle Fleißigen und Strebsamen für die Faulenzer und die ewigen Trotzköpfe mit belastet werden? Andererseits – wo in der Welt gibt es etwas Volkommenes?

Nichts Menschliches ist vollkommen. Das sehen wir doch schon zu Hause an unserem sogenannten Sozialismus, den die Oberen sofort wieder zu ihrem privaten Vorteil umgebogen haben, so schön er auch ist. Unter den Brücken wohnen? Nein, ganz gewiß nicht! Das Dach über dem Kopf ist uns garantiert, dafür haben wir auf anderes zu verzichten, auch auf die Freiheit. Aber anderswo läßt man sich diese auch nicht nehmen. An der Spitze des Staates wird das große Geschäft gemacht mit allen Freiheiten. Darüber spricht niemand.

Es ist irgendwie bedrückend, wenn man erkennen muß, daß der wirkliche Sozialismus, der überall so schön gelehrt wird, eine Utopie bleiben wird. Eine schöne Utopie zwar, doch was nützen die schönsten Träume, wenn sie sich nur so unvollkommen erfüllen, weil sie für die menschliche Natur nicht geeignet sind.

Wir sind und bleiben halbfertige Geschöpfe, so oder so. Das wird wohl ewig unsere große Tragik bleiben.

XVII.

Rastlose Tage

Der brave Bürger Drente fand keine Ruhe mehr. Andere Leute verreisen, um sich zu erholen. Er aber jagte umher und regte sich auf. Tagsüber war er in den Straßen unterwegs, abends diskutierte er stundenlang mit den Verwandten und sank dann ins Bett, müde wie ein ewig streunender Hund.

Diese Stadt machte ihn fertig. Er fand ständig neue Motive, immer wieder stürmten Fragen auf ihn ein, die ihm keiner beantworten konnte. Er würde sie mit heimnehmen müssen am Tag seiner Abreise. Und daheim würde er dann so vieles für sich behalten müssen, weil diejenigen, die ihm hätten antworten sollen, Gefahr für sich und ihre Privilegien wittern würden.

Laßt doch die Leute sich in der Welt umschauen und eine eigene Meinung gewinnen, zum Donnerwetter – aber ich weiß schon, ihnen könnte ja unterwegs die Erkenntnis aufdämmern, daß vieles ganz anders ist, als man es uns daheim erzählt und als Wahrheit aufzwingen will. Dabei haben wir es gar nicht nötig, uns zu verstecken. Es gibt doch vieles bei uns, was sich sehen lassen kann, aber dessen Wirkung verpufft, weil wir uns immer wieder gegängelt fühlen müssen. Wir haben ein Glaubensdogma, und das hat keiner anzuzweifeln! Karl Marx darf man ebensowenig bekritteln wie den großen Lenin und seine Epigonen.

Immer wieder kommen die Verwandten mit ihren Fragen. Meine Antworten sind für sie wohl das wichtigste Mitbringsel, wertvoller als die beiden Bildbände, die zeigen ja doch nur die schöne Fassade, das, was unsere Oberen der Welt offenbaren wollen: Seht her, wie toll wir doch sind!

„Ja, Besucher aus den Ostländern sperren auch bei uns Maul und Nase auf", sagte Drente beim abendlichen Gespräch. „Es kommt eben immer auf den Maßstab an. Mißt man uns an Polen, Rumänen und Ukrainern, dann geht es uns sehr gut. Nimmt man Westeuropa zum Vergleich, gelten abermals andere Maßstäbe. Bei uns haust keiner unter Brücken, und es wird auch jeder satt und hat sein Auskommen; aber es kann sich auch niemand eine Weltreise leisten, und wenn, dann darf er es nicht, nicht mal auf einen Sprung zu den Verwandten in Braunschweig; denn das ist jenen Leuten vorbehalten, die sich Reisekader nennen, und die ernennt nun mal die Parteihierarchie."

„Und wie kommt man da hinein?" fragte der Onkel.

„Durch absolute Parteitreue und entsprechende Beziehungen. – Aber, entschuldigt, können wir nicht mal von was anderem reden?"

Warum läßt mich die Heimat nicht los? fragte er sich, als er dann wieder im Bett lag. Für die Leute hier bin ich so etwas wie ein Exot. Aber ob andere Exoten auch dauernd von ihrem Land reden müssen? – Ab morgen gebe ich mich draußen absolut inkognito. Ich komme aus Wien oder Zürich oder Hannover, pipapo, ich bin auch nur einer von diesen ewig fotografierwütigen Touristen wie all die anderen, die hier durch die Straßen schwirren. Ich hocke mich auch nicht wieder zu den Clochards unter die Brücke, das wäre ja noch schöner – ein solcher Umgang für einen gutsituierten Urlauber.

Zu Hause würde nach der Rückkehr die Fragerei weitergehen, jetzt mit anderen Vorzeichen, das war gewiß. Auch die Firma GHG dürfte die Ohren weit offen haben und ganz genau hinhören, ob dieses Würstchen Drente, das durch den Zufall einer alten Bekanntschaft und einen Sack voll Verschlagenheit für ein Weilchen der treusorgenden Obhut der Partei entschlüpft war, sich nicht doch mal das Maul verbrennen und endlich eine Handhabe liefern würde, es in den Griff zu kriegen.

Euch will ich ein Liedchen vorsingen, Freunde, Leckerbissen servieren, die euch auf der Zunge zergehen sollen. Und die Kollegen? Sie werden mich natürlich zuerst nach den Sünden in der sündhaften Stadt Paris fragen, und auch da werde ich herzhaft Komödie spielen. Zu solchen Sünden braucht man als Sommergast vor allem Geld, klingende Mäuse, und das, was ich habe, ist mir viel zu wertvoll, um es irgendeinem Flittchen in den Schoß zu schmeißen, das mich verlockend anlächelt. Das kriege ich, wenn ich es will, im volkseigenen Sektor billiger.

Er kicherte leise vor sich hin, ihm waren im Zusammenhang mit Paris einige alte Witze eingefallen: „Ich möchte eine Reise für meine Frau und mich nach Paris buchen, was kostet das?" – „Zweitausend Mark!" – „Oh, da fahre ich doch lieber allein." – „In diesem Falle, mein Herr, müssen Sie aber mit viertausend rechnen."

Oder der andere: „Oh, du fährst nach Paris? Nimmst du deine Frau mit?" – „Nimmst du Bier mit nach München?"

Der oder jener von den Kollegen dürfte auch ganz heimlich fragen, warum ich denn eigentlich wiedergekommen bin. Andere würden sich doch bei solcher Gelegenheit alle zehn Finger lecken und dem ganzen Rummel endgültig den Rücken kehren. Ja, da kann ich dann abermals nur mit den Schultern zucken. Nach allem, was ich hier gesehen und erlebt habe, fahre ich trotzdem wieder zurück. Ich bin da zu Hause, zum Kuckuck, und ich habe auch die Hoffnung, daß sich die Erscheinungen, die mir nicht gefallen, doch eines Tages bei uns ändern werden. Es gibt zu viele Halbheiten bei uns, und die sind auf die Dauer in der Welt nicht konkurrenzfähig. Wie diese Änderungen aussehen dürften? Keine Ahnung. Ich hoffe nur, daß sie nicht erst dann eintreten, wenn ich Rentner bin.

Anderntags wieder unterwegs, Tourist unter Touristen auf den Boulevards und im braunen Schatten der eng aneinandergeketteten Häuser in den schmalen Gassen. Auch in Paris ist der Alltag irgendwie gewöhnlich – fast banal. Man muß schon das Besondere herausfischen, das, was anders ist als in der eigenen Stadt. Heute postierte sich Herr Drente am Boulevard Rocheouard unterhalb der Sacre Coeur. Die Vielfalt des Lebens war überwältigend – doch sicher hätte er in der Berliner Friedrichstraße eine ähnliche Fülle angetroffen und seine Motive herauspicken können wie Rosinen aus einem Kuchen.

Später suchte er sich eine Bank an irgendeinem der vielen Plätze und füllte sein Notizbuch mit Gedanken und Schlußfolgerungen. Ich bin schon wieder zu Hause, fiel es ihm ein, das hier sind doch schon die Anfänge zu meinen Vorträgen im Kulturbund. O ja, diese Reise wird Folgen haben, weitreichende Folgen für lange Zeit. Aber jetzt weg mit der Schwarte. Schau dich um, Menschenskind, da sind Blumen, die duften durch allen Auspuffgestank hindurch, dort spielen Kinder, das ist die Gegenwart, das andere ist jetzt noch ganz unwichtig, zum Donnerwetter. Und weg mit den Gedanken, Freund, spiel im Programm des Lebens deine Nummer, genieße den Augenblick und nimm alles mit, die ganze Fülle des Daseins ringsum, sonst begehst du an dir selbst Betrug.

Am Nachmittag – der Onkel hatte sich frei genommen – fuhren die Verwandten mit ihm hinaus zur Porte de Charenton, streiften mit ihm durch den üppig grünen Bois de Vincennes und gelangten schließlich zum Vélodrome, der großen Radrennbahn an der Avenue de Gravelle. Hier zog der Onkel Billetts aus der Tasche und wies einladend zur Tribüne hin. Jetzt ein Radrennen? Himmel, dachte Drente, auch das noch!

Herr Drente schwärmte nicht sonderlich für solche Sportveranstaltungen, doch er wollte die lieben Gastgeber nicht enttäuschen und spielte ihnen verhaltene Freude vor. Die Männer in den bunten Trikots, die sich unten im weiten Rund die Zunge aus dem Hals strampelten, litten sicher ebenso unter der sommerlichen Hitze wie die Leute auf den Tribünenplätzen, doch der Jubel der Zuschauer forderte sie immer noch zu höheren Leistungen heraus.

Drente beobachtete seinen Onkel Jean Martin. Das war auf einmal ein völlig anderer Mensch, hingegeben dem Geschehen da unten, mitgerissen von Siegesfreude oder auch Enttäuschung. Wo blieb seine Würde als gutsituierter Bailli? Den ganzen Heimweg über schwärmte er noch von den Einzelheiten der heutigen Rennen, er hatte wohl auch irgendwelche Wetteinsätze gebucht und überrechnete mehrfach, was als Gewinn auf ihn wartete. Drente gab bald auf, ihm bei seinen Gedankensprüngen zu folgen.

Abends besuchten sie einige Verwandte im Süden der Stadt. Es gab ein erlesenes Abendessen, man kredenzte sogar Champagner und bot gute Zigarren an, doch Herr Drente dankte bescheiden. Er hatte sich das Rauchen längst abgewöhnt und beschränkte seinen Tabakkonsum ganz auf jene Szenen, in denen dies im Theater ausdrücklich verlangt wurde.

Wenig später stand er schon wieder im Kreuzfeuer der Fragen. Der jüngere Bruder des Onkels war überzeugter Sozialist, er wollte viel hören, wie sich das Leben in einem Staat mit solcher Gesellschaftsordnung entwickelt hätte. Seine Fragen liefen auch ganz gezielt auf Sozialversicherung, Arbeitsrecht und Kündigungsschutz hinaus. Alles wollte er wissen über den Feriendienst und die Wohnungssituation und endete mit der Feststellung, das sei doch eigentlich alles recht vielversprechend, trotzdem hörte man aus diesem Land viel von Mängeln und Versäumnissen und wohl auch etlichen Unzufriedenheiten.

„Wir sind ein geteiltes Volk“, sagte Herr Drente: „Das ist unser größtes Handicap. Telefonverkehr und Post zwischen beiden Staaten werden überwacht, auch wenn es sich um private, verwandtschaftliche Dinge handelt. Besuche sind nur mit Schwierigkeiten möglich, alles ist irgendwie vorgeschrieben von Leuten, die wir nicht gewählt haben und die uns die sogenannte 'Linie' vorschreiben. Es ist das gleiche Verfahren wie in der Sowjetunion. Man nennt das den demokratischen Zentralismus, wobei demokratisch bei uns ganz anders als hier verstanden wird.

Es heißt bei uns, daß Kritik und Selbstkritik wichtige Elemente des politischen Lebens sind. Die Leitungen von Staat und Wirtschaft aber bleiben davon ausgeschlossen. Niemand spricht die gewiß notwendige Kritik vor denen aus, und da gäbe es wahrhaftig viel zu kritisieren. Ja, meine Herrschaften, je mehr man bei einer Sache ins Detail geht, umso deutlicher erkennt man Fehler, Irrtümer und Versäumnisse des Ganzen. Es gibt wohl überhaupt keine Totalität, sondern immer nur mehr oder weniger prozentuale Annäherung."

So, dachte er entschlossen, jetzt quatsche ich auch schon wie ein Funktionär. Erschreckend, wie das Rotwelsch auf einen einwirkt und abfärbt. Ich sage jetzt besser gar nichts mehr. Ich werde mich jetzt mal wieder richtig besaufen, dieser französische Cognac ist ein Gedicht für die Zunge, und nun will ich diesen Leuten hier mal beweisen, daß die Ostler auf einem Gebiet absolute Spitze sind, sie vertragen eine ordentliche Naht, und man kann sie nicht so ohne Weiteres unter den Tisch saufen.

Später forderte man ihn auf, sich doch bitte auch als Schauspieler zu beweisen, also produzierte er sich pantomimisch und gab auf besonderen Wunsch auch noch einen klassischen deutschen Monolog zum Besten. Er erntete reichlich Beifall damit. So wurde dieser Abend also doch noch ganz nett, und Onkel und Tante sorgten dann beflissen dafür, daß ihr Gast auch noch heil in sein Bett fand, wo er dann durchpennte bis in den hohen Vormittag hinein. Er behielt nicht einmal einen schweren Kopf.

Ein paar Stunden später lernte er dann Madelon und Louise, die beiden Kusinen kennen. Es waren lustige junge Frauen, sichtlich erfreut, einen Verwandten aus dem Ausland hier zu haben. Sie verschonten ihn zum Glück auch mit den sonst üblichen politischen Fragen, wollten nur viel über das Theater wissen und konnten sich gar nicht genug darüber wundern, daß ein so aufgeschlossener Mensch noch ohne Frau und Familie war.

XVIII.

Der brave Bürger reist heim

In Herrn Drentes Gastzimmer häuften sich die Souvenirs. Alle Verwandten hatten ihm etwas geschenkt, er sollte doch daheim beweisen können, daß er die große Stadt an der Seine auch wirklich besucht hatte. Außer den üblichen Mitbringseln waren auch einige Bücher dabei. Onkel Jean Martins Bruder hatte gezwinkert und mit der Zunge geschnalzt bei der Übergabe und vorsorglich gefragt, ob er das Französische auch so gut lesen wie sprechen könnte. „Mit einem Wörterbuch wird es schon gehen", antwortete er.

Ach ja, das Sprechen. Drente empfand ein wahres Glücksgefühl, weil er so unerwartet gut damit zurechtkam. Schade nur, daß er das seinem früheren Lehrer nicht mehr mitteilen konnte, wie hätte sich der alte Toldi darüber gefreut. Das Programm, das der Onkel für den Gast aufgestellt und auch bewältigt hatte, ging unweigerlich zur Neige. Man unternahm noch einen Ausflug nach Fontainebleau, weil das nun einmal unbedingt zu einem Parisbesuch gehört. Auf der geschwungenen Freitreppe des prächtigen Schlosses wurde er selbst noch einmal ausgiebig fotografiert, man wollte das Andenken an den Neffen auch bildlich behalten.

Dann aber kam unabänderlich jener Tag heran, der von Anfang an als Ziel dieser Besuchsreise gedroht hatte. Die Koffer waren gepackt, praller als bei der Anreise. Eine Tasche mit Wegzehrung und etwas Lektüre war dazugekommen. Tante Jeannette überspielte ihr Abschiedsweh mit irgendwelchem banalen Geplauder. Man hatte sich gut verstanden in diesen Tagen und im Gespräch viele Erinnerungen an früher geweckt, an die Zeit der Jugend in Berlin.

„Ich wollte so gern mal wieder dorthin", sagte sie seufzend; „aber mein guter Jean Martin hat so eine Scheu vor dieser verwünschten Grenze, obgleich ihm da sicher kaum jemand etwas anhaben könnte, ihm als französischem Staatsbürger doch ganz gewiß nicht."

„Nein, euch würde keiner belästigen", bestätigte Drente.

Die Fahrt frühmorgens zum Gare du Nord, dem Pariser Nordbahnhof, verlief in merkwürdiger Stille. Tante Jeannette biß sich immer wieder auf die Lippen, und Herr Drente kam nicht umhin, festzustellen, wie sehr sie doch ihrer Schwester, seiner verstorbenen Mutter ähnelte. Ein paarmal hatten sie ihn gefragt, ob er denn gelegentlich wiederkäme. Er versprach es, ohne zu wissen, wie er das Versprechen würde einlösen können.

Dann nur noch Hektik. Der Zug stand schon bereit, die Kurswagen nach Warschau waren bisher kaum besetzt. Drente nahm Besitz von einem ganzen Abteil, brachte sein Gepäck unter und ließ dann das Fenster herab. Sie standen draußen mit wehem Lächeln, die beiden guten Menschen. Er dankte immer und immer wieder. Sie hatten ihm mit ihrer Einladung so viel geschenkt, Abenteuer über Abenteuer. Andere würden auf ihn zukommen; denn diese Reise ließ auch für weiterhin Folgen erwarten.

Dann fuhr der Zug ab. Sie winkten lange, Tante Jeannette mit einem Gesicht voller Tränen. Adiau, Paris, adieu, ihr gastlichen Menschen, ihr in den Salons und ihr unter den Brücken, vergessen werde ich euch nie, und wenn erst meine Fotos und Dias entwickelt und gerahmt sind, dann werde ich euch überall bei uns bekannt machen. Drente setzte sich bequem und vertiefte sich in seine illustrierten Zeitschriften.

Irgendwo stiegen Leute zu, ein kurzer Gruß, ein unverbindliches Zunicken, zu Gesprächen kam es nicht. Draußen spulte sich die Kette der Ortsnamen in umgekehrter Reihenfolge ab, Reims, Charleville, Dinant, Namur, Lüttich. Die Mitreisenden wechselten, zu Kontakten kam es auch weiterhin nicht. Vor Köln wuchs ein abenteuerlicher Gedanke in ihm auf: Da steige ich aus. Ich muß erst um Mitternacht über die verdammte Grenze sein, jetzt aber will ich mit jeder Minute geizen.

Er gab im Bahnhof sein Gepäck auf und trat hinaus auf den Vorplatz, atmete tief durch, ein völlig freier Mensch, von niemandem abhängig, keinerlei Paß- und Visazwang unterworfen. Er könnte es bleiben, wenn er wollte. Ein ganz kurzer Entschluß, zur nächsten Polizeidienststelle oder zu einer anderen Behörde: „Guten Tag, ich bin der und der, hier ist mein Paß, bitte sagen Sie mir, was ich tun muß, um hierbleiben zu können, hier oder in einer anderen Stadt, wo es ein Theater gibt und man einen schon einigermaßen erfahrenen Charakterdarsteller beschäftigen würde.“

Prickelnder Gedanke: Total eigene Entscheidungsfreiheit. So muß einem Flugschüler zumute sein, der zum ersten Mal allein in der Maschine sitzt, den Steuerknüppel anzieht, abhebt, steigt und steigt, und keiner schreibt ihm mehr vor, ob er nun nach rechts oder nach links einkurven soll, steigen oder sinken, das ist ihm jetzt ganz allein überlassen.

Ich habe allen das Wiederkommen versprochen, dem hochverehrten Herrn Intendanten, den Kollegen, meiner lieben Frau Blasewitz, die hoffentlich inzwischen die beiden Ansichtskarten erhalten hat, na und schließlich auch noch meinem alten Studienkumpel Kutte Gabler, der mir die letzten entscheidenden Türen aufschloß. Nein! Ich bin noch nie wortbrüchig gewesen, und auch diejenigen, denen wir all unsre Widrigkeiten zu verdanken haben, werden mich nicht dazu bringen.

Er hob den Blick zu der gigantischen, feingliedrigen Steinmasse des Kölner Doms, von dem er schon so viel gehört und gelesen hatte. Alle Fotos, die er von ihm kannte, hatten gelogen. Der Dom war viel schöner und viel beeindruckender, als es die Bilder versprechen konnten. Er ging dem überwältigenden Bau entgegen, in ihn hinein, stand und schaute bewundernd auf zu der mächtigen Wölbung. Da verblassen alle Worte, das ist einfach schön und gewaltig. In ihm stieg eine große innere Zufriedenheit auf, die er hätte lachend aus sich herauslassen wollen; aber in einem solchen Bauwerk lacht man nicht, auch wenn man ein Komödiant ist und es einen dazu drängt.

Er durchbummelte eine Stunde lang die Straßen, speiste in einer kleinen Gastwirtschaft, wo der Kellner, der Köbes, seine schlanken Kölschgläser von einem merkwürdigen runden Henkeltablett herabnahm und zureichte. Welch leichtes, süffiges Getränk. O ja, in einer solchen Stadt könnte man es wohl aushalten, hier, wo die lebensfrohen Bewohner ihrem Geschäft wie ihren Freuden nachgehen und wo sie einmal im Jahr im Übermut ihres Karnevals versinken.

Dann aber erneut der Zug. Welcher Kontrast! Immer wieder stieg jemand zu, Großstadt auf Großstadt. Man musterte sich, und je näher man der Grenze kam, desto stiller wurde es im Abteil. Herr Drente machte sich bewußt, daß nun wieder das Mißtrauen seine Herrschaft antreten würde, das gegenseitige Belauern: Wer und was bist du? Welche Dienststelle? Welche Aufträge? Und noch dazu so ein junger Mensch – da kann doch etwas nicht stimmen, oder? Also, Vorsicht, Leute!

Sie hielten an der westdeutschen Grenzstation, hier wurde es schon wieder amtlich, Einblick in die Pässe, dann: „Gute Reise!“ Es hätte auch „Guten Rutsch!“ heißen können oder „Wir drücken euch die Daumen für den nächsten Halt.“ Bei der Weiterfahrt wurde der stürmende Expreß zum Bummelzug, draußen Drahtverhaue, ein Wachturm, einsetzende Schienenstöße, Totenstille im Abteil. Wenn doch Gedanken schreien könnten. Und wozu das alles? Wozu?

Bremsenquietschen, Türgeklappe, feste, amtliche Schritte, die Heimat hat uns wieder. Herr Drente zwang sich zur Gleichgültigkeit. Er schaute hinaus. Zwei Gleise entfernt stand ein Güterzug. Ein Uniformierter ging langsam daran entlang, den Hund beobachtend, der da unter den Wagen hindurchlief, hochwitternd, ob nicht etwa auf irgendeiner Achse irgendein armes Schwein angeklammert auf die Weiterfahrt zur Grenze hoffte.

Die Abteiltür ging auf. Alle Gesichter ängstlich gespannt: Machen sie es heute gnädig – oder? „Guten Tag. Ihre Reisedokumente, bitte." Klapp, klapp, da ist wieder der Blechschreibtisch vor der Brust, der Stempel, das ist abermals der gleiche abschätzende Blick in den Paß, auf die gespannt dasitzende Person, bei Herrn Drente gleich zweimal – tatsächlich, der da ist noch kein Rentner, und das Visum vom Innenministerium, Teufel, Teufel, na, dann endlich auch der Stempel – klapp, klapp – „Gute Weiterreise!..."

Man schaut sich an, holt erst einmal tief Luft. Und jetzt? Wagt sich etwa hier und dort ein scheues Lächeln hervor? – Kaum, das war doch erst Prüfung Nummer eins, die zweite steht bevor, und die hat etwas mehr zu bieten als nur Klapp–klapp. Richtig, da geht die Abteiltür schon wieder auf. Großer Gott, jetzt vom Zoll auch noch eine Frau, von denen hört man wenig Gutes.

„Zollkontrolle! Haben Sie Zeitschriften bei sich, Literatur oder..?"– Nein. Man hat natürlich nicht, man kann also beruhigt den Kopf schütteln.

„Und das da?"

Die strenge Dame weist auf Herrn Drentes Sommermantel und da lugt doch tatsächlich etwas Buntes aus der Brusttasche hervor, viel zu bunt für ein volkseigenes Erzeugnis.

Drente lächelt sein schönstes Mimenlächeln. „Das ist nur eine simple Rätselzeitung, für unterwegs, nichts weiter." Galanter kann kein Ritter seiner Dame den Handschuh überreichen.

Keine Gnade vor den strengen Augen. „Die unerlaubte Einfuhr westlicher Druckerzeugnisse ist nicht statthaft", belehrte sie ihn.

„Oh", meine Drente, „dann bitte ich hiermit jetzt in aller Form um Ihre geschätzte Erlaubnis. Rätselraten gehört nun mal zu meinen liebsten Beschäftigungen."

Sein unzulässiges Ansinnen stieß auf eisige Ablehnung. Die Dame wurde noch kühler, wappnete sich mit dem ganzen Stolz ihres Amtes und sagte: „Machen Sie bitte Ihr Gepäck auf!"

Der brave Bürger Drente gehorchte ohne Widerrede. Er hob die Koffer aus dem Gepäcknetz, sein Nebenmann rückte devot beiseite. Klack, klack, die Kofferverschlüsse, der Deckel. „Bitte sehr", sagte Herr Drente.

„Nehmen Sie bitte den Inhalt heraus."

„Wie denn?"

„Auspacken, ich will sehen, was Sie darin haben."

Ein Augenblick der Stille, dann ließ Herr Drente den Deckel wieder fallen. „Kann ich nicht mit Ihnen mitkommen?" fragte er.

„Wieso?"

„Na, Sie glauben doch wohl nicht, daß ich jetzt hier vor Ihnen meine schmutzige Wäsche auspacke. Bittesehr, das tun Sie dann bitte selber."

Wieder ein Moment, wo alles im Abteil den Atem anhielt. Die Dame wandte sich um, rief draußen nach einem Kollegen. Der kam, bat die Mitreisenden, für einen Augenblick auf den Gang zu treten, und widmete sich dann ganz jenem renitenten Herrn, der sich hier so widersetzlich aufführte, als hätte er es noch nie mit den Kontrollorganen dieses Staates zu tun gehabt. Drente entnahm dem Koffer betont sorgfältig seine Habseligkeiten und legte sie daneben auf den Sitz.

Ein Triumphschrei: „Was ist denn das?!" Der Allgewaltige griff zu, ein Buch – verdammt, leider in einer fremden Sprache, deren man nicht mächtig ist; aber da, der Titel: „'Emanuelle', das ist ja eine berüchtigte Sexschwarte, auch auf Deutsch!"

„Sie haben ja dolle Kenntnisse", sagte Drente lachend.

„Halten Sie den Mund!"

Was fällt diesem Lümmel ein? Wie benimmt der sich denn? Den sollte man doch glatt in den Arsch treten, diesen Zollheini, diesen... Ach so, wir sind ja wieder daheim, da muß man vor den Hennessys strammstehen. Nee, der Kerl ist ja nicht mal das, da fehlt ja noch ein Sternchen, das muß er sich erst noch erdienen oder erdienern, je nachdem. Der brave Bürger Drente sagte kein Wort mehr.

Der Allgewaltige nahm ihm also das Buch weg und auch noch drei andere einschließlich des Bildbandes über die schöne Stadt Paris, auch die französischen Zeitschriften mußten dran glauben. Dann stellte er ihm großzügig eine Bescheinigung aus, vergaß auch nicht, diesen Reisenden ordentlich zu belehren mit der nebensätzlichen Bemerkung, daß er zwar ein Einspruchsrecht hätte, was ihm aber sicher wenig nützen würde; denn in dieser Hinsicht gäbe es nun mal eindeutige Bestimmungen.

Leck mich doch sonstwo, dachte Herr Drente und beantwortete nicht einmal den Abschiedsgruß, der in dieser Situation ja ohnehin nichts weiter war als eine weisungsgemäß eingedrillte Floskel dieser Zollmenschen. Er packte seine Koffer ein und hob sie zurück ins Netz. Zaghaft kamen die Mitreisenden wieder herein, Mitleid im Blick.

Drente strahlte sie an. „Da können Sie wohl froh sein, daß ich Ihnen das alles erspart habe“, sagte er. „Jeder Zug hat nur seine ganz bestimmte Aufenthaltszeit hier an der Grenze.“ Er weckte damit nur hier und da ein zaghaftes Lächeln. Sie fuhren weiter, jeder war abermals mit seinen eigenen Gedanken allein. Den braven Bürger Drente aber ritt der Übermut. Er sagte laut: „Man muß diesen Leuten das verzeihen. Jeder hat seine Erfolgserlebnisse, und wie sind doch jene Menschen zu bedauern, die sich die ihren auf Kosten anderer verschaffen, nichts weiter im Rücken als ihr Amt und die zweifelhafte Würde der Uniform.“

Das war bühnenreif gesprochen, doch die Mitreisenden glucksten nur verschämt – vielleicht war die ganze Szene an der Grenze nur gespielt – kann man das wissen? – O ja, das Mißtrauen in unserem sonst so schönen Land.

XIX.

Die Abenteuer gehen weiter

Die Freude der Frau Blasewitz war echt. Ihr lieber Mieter war zurück, und sie hatte sich schon ernsthaft Sorgen gemacht, da von ihm gar kein Lebenszeichen gekommen war. Nein, Ansichtskarten hatte ihr der Briefträger noch keine gebracht, die lagerten sicher noch beim Postzollamt und wurden dort geprüft, ob Bild und Text dem Empfänger oder gar dem Staat Schaden bringen könnten. Darüber regte man sich nicht auf, das gehörte nun mal zu den Gewohnheiten des volkseigenen Alltags.

Jedenfalls war er zurück, er hatte ihr sogar etwas mitgebracht, echtes französisches Parfüm und eine duftig leichte Garnitur Unterwäsche. Aber, aber, sie tat verschämt, er gab sich jovial wie immer, nahm als Erstes ein Bad, durchstöberte dann den Berg Zeitungen, der sich inwischen angesammelt hatte, und ging dann zum Abendessen in seine Stammwirtschaft.

Der Objektleiter begrüßte ihn lebhaft wie immer. „Ich habe Sie vermißt", sagte er. „Urlaub gemacht?"

„Das muß auch mal sein, antwortete Drente.

„Und? – Ostsee oder Schwarzes Meer, wenn man fragen darf."

„Sie dürfen. – Paris."

Der Mann stutzte nur für einen Augenblick, dann lachte er herzhaft auf. Unleugbar Schauspieler, dieser Herr Drente. Köstlicher Humor!

„Da gibt es gar nichts zu lachen", sagte der Gast und griff zur Speisekarte. „Ich bin heute früh in Paris abgefahren, war bei einer Tante zu Besuch. Wirklich!"

Der andere straffte sich, überlegte, sagte dann leise: „Ach, tatsächlich? – Und war es schön dort?"

„Sicher."

Damit ging dieses Gespräch zuende. Der Objektleiter schlich hinter die Theke. Ich weiß jetzt, was er denkt, sagte sich Drente: Aha, auch solche Leute haben schon ihre Privilegien. Da stimmt doch etwas nicht, da wird man sich gar vorsehen müssen im Gespräch – und überhaupt, und so. Jetzt spähte der Mann schon wieder herüber, sein Blick war eine einzige angespannte Frage. Drente nickte ihm lächelnd zu.

Später kam Kollege Heinrich Webern, der auch oft hier verkehrte. Der Alte breitete theatralisch die Arme: „Die Heimkehr des verlorenen Sohnes", deklamierte er. „Ist es gestattet?" – Er saß schon, strahlte über das ganze faltige Gesicht, faßte Drentes Hände: „Und? Großartig, ja?"

„Überwältigend."

„Und hast doch nicht bleiben wollen?"

„Heimat ist Heimat. Und wo fände ich noch so prächtige Kollegen wie hier?"

„Danke für die Blumen. Und wie gehabt?"

„Hör auf! Ausgeflöht. Alle Bücher und Zeitschriften kassiert." Herr Drente berichtete in allen Einzelheiten, wie sich sein Grenzübergang abgespielt hatte. Der alte Webern nickte grimmig. „Auf sowas fliegen sie wie die Aasgeier", sagte er. „Ich war mal bei ner Kusine in Braunschweig, da hatte mir doch einer von den Jungs da ein Heft zugesteckt. Zucker, kann ich dir sagen. Na ja, damit haben sich dann die vom Zoll einen scharfen Abend gemacht, sind ja auch nur Menschen, oder?"

„Eben."

„Aber, hör mal!" Webern packte Drentes Arm. „Du bist hochgeklettert bis ins Ministerium, hast dir ein pompöses Visum geholt nebst Zehrgeld. Das würde mir aber gewaltig den Rücken stärken. Ich an deiner Stelle, ich kreuzte jetzt mit aller Entschlossenheit bei der Zollbehörde vom Bezirk auf und knallte da die Faust auf den Tisch. Du kommst von einer Studienreise zurück, und die nehmen dir die Literatur ab? Und von wegen: 'Halten Sie den Mund'? – Dafür haben sich die Herrschaften in aller Form zu entschuldigen."

„Weißt du", antwortete Drente, „ich bin zwar hundemüde; aber dafür gebe ich dir jetzt noch einen aus."

„Die Zollbehörde, das ist gar nicht weit, da kannst du zu Fuß hin, die sitzen in der Tismarstraße. Also, auf in den Kampf, Torero! Ach nee, entschuldige – du kommst ja aus Frankreich."

Der Stachel saß fest. Der brave Bürger Drente kicherte auf dem Heimweg vor sich hin, er freute sich schon in Erwartung des neuen Abenteuers. Gewiß, denen wollte er ein Komödchen aufspielen, daß ihnen die Luft wegblieb. Und er riskierte ja dabei auch überhaupt nichts. Seine Reise hatte er hinter sich, da konnte ihm keiner mehr Steine in den Weg packen. Notfalls würde er Kutte Gabler in Berlin anrufen und sagen: Na, hört mal, ich bin so brav wiedergekommen, und diese subalternen Burschen an der Grenze bereiten mir einen solchen Empfang? Was weiß denn ich, was mir die lieben Verwandten da für ein fürchterliches, staatsgefährdendes Zeug eingepackt haben sollen? Ich hatte unterwegs keine Zeit, das alles durchzulesen.

Gleich nach dem Frühstück ging er los. Jede Behörde beginnt beim Pförtner, ihrem allerwichtigsten Mann. Der hat schon mal die Spreu vom Weizen zu trennen und die naivsten Figuren von vornherein zurückzuweisen. Die übrigen, die nach reiflicher Vorprüfung ins Haus gelassen werden, sollen aber zumindest einen Vorgeschmack von der enormen Wichtigkeit dieser Dienststelle mit sich tragen, damit sie oben in Anlaufzimmer Nummer eins gleich die rechte Bescheidenheit zeigen. Kein Sachbearbeiter liebt all zu selbstbewußte Besucher. Hier hat man sich als Außenstehender immer mit dem notwendigen Respekt zu bewegen. Also, mein lieber braver Bürger Drente: Eröffnungsgeplänkel zum neuen Abenteuer:

„Sie wünschen?"

„Ich möchte zur Beschwerdestelle."

„Beschwerdestelle?" Der Blick spricht Bände.

„Na, es wird doch sicher in diesem Hause jemand geben, der für eventuelle Einsprüche zuständig ist."

„In welcher Angelegenheit, bitte?"

„Also, entschuldigen Sie, werter Genosse, das werde ich dem zuständigen Herrn dann schon selber sagen. Ich brauche von Ihnen nur seine Zimmernummer."

Der uniformierte Zerberus warf den zweiten, diesmal recht erstaunten Blick aus seinem Fensterchen. Was war denn das für ein Mensch, der hier einfach so hereinkam von wegen Zimmernummer. Wußte der denn nicht, wo er sich befand? – „Sind Sie angemeldet?" fragte er.

„Jetzt, in diesem Augenblick melde ich mich an", verkündete Herr Drente.

Der Amtliche verspürte neues Oberwasser. „Also, so geht das nicht", erklärte er kategorisch. „Hier wird gearbeitet, da kann doch nicht einfach jeder herkommen und verlangen, daß man ihn sofort vorläßt und seinetwegen den ganzen Betrieb stoppt..."

„Ich bin nicht einfach jeder", unterbrach ihn Herr Drente, klappte seinen Paß auf und hielt dem übereifrigen Türhüter sein Visum hin. „Ich komme von einer Studienreise im Auftrag des Kulturministeriums aus Frankreich zurück und werde von Ihren Grenzorganen um einige für mich wichtige Unterlagen erleichtert. Deshalb will ich mich beschweren. Sind Sie nun zufrieden?"

Das hat gesessen! Ein solcher Fall ist in den Weisungen der zollamtlichen Pförtnerei nicht vorgesehen. Wenn da was dran ist, kann es Ärger geben. Also? Unverzüglich diese kitzlige Angelegenheit weiterreichen, damit man sie selber erst mal los ist. Mögen andere sich die Finger verbrennen. Der Pförtner schrieb schon den Besucherzettel aus. Na, also!

Anlaufzimmer Nummer eins unterschied sich kaum von denen, die Herr Drente bei seinem Aufstieg durch die Ämterpyramide vor seiner Reise kennengelernt hatte. Viel Hektik, keine Zeit, sozusagen ganz nebenbei rasch noch den Fragesteller abgefertigt. Drente legte seinen Paß vor, dazu die Quittung vom Grenzübergang.

„Ihr diensthabender Genosse hat mich belehrt, daß ich ein Einspruchsrecht habe, das möchte ich hiermit wahrnehmen."

Der Sachbearbeiter überflog Visum und Beleg und fragte: „Haben Sie die hier aufgeführten Gegenstände den Kontrollorganen ordnungsgemäß deklariert?"

„Was heißt das auf Deutsch, bitte?"

„Bei der Einfuhr von Schriftgut haben Sie unaufgefordert bei der Kontrolle eine entsprechende Aufstellung vorzulegen."

„Bedaure, das konnte ich nicht wissen. Gestatten Sie, daß ich es nachhole."

Der Uniformierte wies auf den Zettel. „Sie haben sogar die Frage des betreffenden Genossen nach mitgeführten Druckerzeugnissen negativ beantwortet. Das gilt an allen Zollgrenzen der Welt als versuchter Schmuggel."

„Rechnen Sie das bitte meiner Unerfahrenheit zu. Um es kurz zu machen, ich habe eine Studienreise unternommen, Sie sehen das Visum vom Ministerium. Man hat mir bei der Abreise in Paris Literatur mitgegeben, in französischer Sprache, wohlgemerkt. Ich glaube, es wäre dem Ansehen unseres Staates kaum dienlich gewesen, wenn ich gesagt hätte: 'Bedaure, aber das erlaubt man mir nicht.' Es war auch weder Zeit noch Gelegenheit, das Material durchzusehen. Sogar einen Bildband hat man behalten, das ist doch geradezu lächerlich. Und meinen Einwand beantwortete Ihr Genosse, indem er mir den Mund verbot. Legen Sie wirklich Wert darauf, daß ich das erst über Berlin regeln lasse?"

Das war ein gekonnter Monolog, so aus dem Stegreif heraus, würdig einer großen, hochdramatischen Szene. Drente sah, daß er gewirkt hatte. Sein Gegenüber wendete beide Dokumente um und um und sagte dann: „Also, ich kann das jetzt hier nicht sofort entscheiden. Ich werde die Sache weiterleiten, und Sie erhalten Bescheid, sagen wir in einigen Tagen, Herr Drente. Sie sind doch zu erreichen?"

„In zwei Wochen beginnen die Theaterproben für die neue Spielzeit, dann wird es schwierig. Aber bis dahin..."

„Ich sorge dafür, daß es rasch erledigt wird."

„Danke. Auf Wiedersehen."

„Auf Wiedersehen, Herr Drente."

Die Treppe hinunter, dem Zerberus unten seinen Zettel zurückgegeben. Siehst du, du Würstchen, so macht man das. Du hast keine Ahnung, wie man in diesem Land der unbegrenzten Möglichkeiten auftreten muß, um etwas – ach was, um alles zu erreichen. Aber nicht jeder von uns ist ein Komödiant, und nicht jeder hat den Mut, die beispiellose Kühnheit, sein menschliches Recht gegenüber den vielen Zuständigkeiten auch durchzusetzen.

Herr Drente war jetzt fest davon überzeugt, daß er seine Bücher zurückbekommen würde. Nicht, daß sie ihm so viel wert gewesen wären, das Erlebnis der großen Reise war viel wichtiger, doch es ging ihm ums Prinzip, um den sportlichen Ehrgeiz, es gewissen Leuten immer und immer wieder zu beweisen, wie unwichtig sie mit ihrem ganzen Bestimmungsbrimborium im Grunde waren.

Unterwegs fiel ihm ein, er könnte jetzt gleich von der Post aus Kutte Gabler anrufen. Warum nicht gleich das volle Geschütz auffahren? Ein ordentliches Feuerwerk. Heißa, meine Herren, wir sind auch wer! – Die Verbindung nach Berlin kam erfreulich rasch zustande, doch dann mußte er erfahren, daß der Genosse Staatssekretär in Urlaub wäre, man wollte diesem aber nach seiner Rückkehr gern berichten, daß sein Freund oder Bekannter wohlbehalten von der Reise zurück sei.

Als Drente am Schalter sein Gespräch bezahlte, sah er im Hintergrund die schwarze Claudia stehen. Sie lächelte auffällig, und als er ihr zuwinkte, kam sie tatsächlich vor in die Publikumshalle. Sie gaben sich die Hand.

„Wie geht es dir?" fragte er.

„Gut – und dir?"

„Danke. Ich bin gerade von der Urlaubsreise zurück."

„Schon? – Wo warst du denn?"

„Rate mal!"

Natürlich, sie rätselte um die landesüblichen Ziele herum: Ostsee, Thüringen, Ungarn, Bulgarien... Er schüttelte den Kopf. „Paris", sagte er leichthin.

„Geh!" sie stieß ihn freundschaftlich an. „Du machst mir doch was vor."

Er hob die Schwurhand. „Ehrenwort", entgegnete er. „Sobald meine Fotos fertig sind, werde ich sie dir zeigen, das heißt, falls du nicht wieder abwinkst, wenn man dich hier besuchst."

„Ach was", sagte sie mit Bestimmtheit, als wäre da plötzlich ein bisheriger Hinderungsgrund aus der Welt. Jemand rief sie. Claudia wandte sich mit einem Handzeichen um. „Verzeih", sagte sie, „ich werde gebraucht. Auf bald, ja?"

„Und wo finde ich dich?"

„Na wo schon? Hier! Tschüs!" Weg war sie.

Na, sowas, dachte er im Hinausgehen, erst wehrt sie mich jedesmal ab und jetzt? Kommt das pikante Abenteuer, das ich in Paris hätte erwarten müssen, jetzt etwa hier? – Voilá! Wohl denn, ich bin kein Spielverderber.

XX.

Erste Triumphe

Am Nachmittag brachte Herr Drente seine Filme zur Firma KONSUM-Fotocolor, kaufte unterwegs auch noch einige Päckchen Diarahmen. Er freute sich schon darauf, die Ausbeute der Reise zu sichten und die Vorträge zu entwerfen. Dann erstand er eine Ansichtskarte und setzte sich in die Anlagen, um den Verwandten in Paris die Ankunft daheim mitzuteilen. Wer weiß, wie lange sie unterwegs sein würde?

Da Herr Drente außer seiner Fotografie keine weiteren Freizeitbeschäftigungen kannte, blieb ihm für den Rest des Urlaubs nur das Umherschlendern in der Stadt. Vielleicht wäre Claudia zu einer Dampferfahrt zu überreden, abends Tanz in einem hübschen Gartenlokal oder über Sonntag mal aufs Geratewohl in den Harz?

Eigentlich bin ich so ein richtiger Beamter, wie mein Vater einer war, dachte er. Alles übersichtlich geordnet, in gewohnten Bahnen, und so etwas wie meine Reise als absolute Ausnahme, die tolle Spitze. Meine Stadt ist eine überschaubare Welt, in der ich meinen Platz habe. Da muß ich mich nicht übernehmen. Niemand verlangt von mir mehr, als ich zu geben vermag. Ich habe Grenzen, die ich kenne, und innerhalb dieser Grenzen kann ich mich ins Grenzenlose dehnen. Und jetzt, wo ich meine Welt ausgedehnt habe auf halb Europa, da kann ich eigentlich rundum zufrieden sein.

Nein, ich bin doch anders als Vater. Er hätte nie gewagt, so wie ich gegen die Obrigkeit anzugehen. Andererseits hätte er das Format und die Ausdauer besessen, sich hochzuarbeiten, Karriere zu machen, vielleicht eines Tages auf einem solchen Stuhl zu sitzen wie Kutte Gabler. Der Krieg hat einen harten Strich gezogen.

Und ich? Nein, mit Kutte Gabler möchte ich wirklich nicht tauschen, eine solche Funktion wäre mir um einige Nummern zu groß. Mir genügt es vollkommen, wenn ich im nächsten Jahr erneut einen solchen Vorstoß wagen darf: Guten Tag, hier ist mein Paß, ich möchte ein Visum nach Paris – und dann landet man mal ganz nebenbei in Bordeaux oder fischt in der Gegend von La Rochelle bei Ebbe frische Austern aus der Biskaya. Danach aber rasch wieder zurück ins heimatliche Nest, wie sich das für einen braven Bürger gehört.

Er kam am Theater vorbei. Irgendwer wird schon da sein, dachte er und ging hinein. Der Pförtner freute sich aufrichtig. „Ja, fahren Sie nur hoch ins Besetzungsbüro, Herr Drente, da ist jemand."

Dort erstaunte Blicke. „Ach, der Helmut Drente, zurück aus Paris, oder? – Sicher war es schön. Ja, da möchte man auch mal hin. – Was es Neues gibt? – Oh, natürlich, unser Dichter hat ein Gegenwartsstück geschrieben, 'Glückskinder' heißt es, ein schöner Titel, ja?"

„Großer Himmel!" sagte Drente.

„Der Chef hat's angenommen, es soll die zweite Premiere nach dem 'Stellvertreter' werden."

„Auch das noch!"

„Es heißt, die Rolle des Parteisekretärs soll ein gewisser Helmut Drente kriegen. Eine echte Aufgabe. Ehrlich."

„Ihr wollt mir einen Bären aufbinden."

„Nein, nein, wirklich!"

Leckt mich doch, dachte er und ging lachend wieder hinaus. In den Gängen roch es nach frischer Malerfarbe. Gegenwartsstück, dachte er, da wird man sich wieder über Problemchen der Sollerfüllung die Köpfe heißdiskutieren und allerlei Käse breittreten. Schon der alte Goethe hat gesagt: „Getretener Quark wird breit, nicht stark". Und ich ein Parteisekretär mit dem Kommunistischen Manifest im Hinterkopf und Parolen auf der Zunge. Das kann wieder hübsch werden. Aber vielleicht haben sich die Kollegen da drin mit mir bloß einen Jux machen wollen.

Der Abend verbrachte Drente zu Hause. Er nahm sich ein Buch zur Hand, legte die Beine hoch wie ein Rentner und trank ab und an ein Schluckchen Korn mit Sodawasser. Von nebenan hörte er Musik. Frau Blasewitz saß vor dem Fernseher. Er selbst hatte sich bisher noch nicht entschließen können, sich so einen eigenen Kasten anzuschaffen. Wer den ganzen Tag über Theater hat, möchte in seiner Freizeit nicht unbedingt weiter damit bedient werden. Wollte er gelegentlich eine Sendung sehen, Frau Blasewitz hatte ihn eingeladen, wann immer er wollte, zu ihr zu kommen. Sie hatte gern Gesellschaft.

Am anderen Morgen regnete es. Er ging trotzdem nach dem Frühstück hinaus, lief zur Post, um Claudia wegen des Dampferausflugs zu fragen. Sie sagte freudig zu. Drente sah, daß einige von den Mädchen dort die Köpfe zusammensteckten, sicherlich hatte Claudia das Geheimnis um ihren neuen Bekannten gelüftet. Da Drente einmal hier im Amt war, rief er abermals in Berlin an. Er hoffte zu erfahren, wann Kutte Gabler wieder im Amt zu sprechen wäre. „Ach ja, Herr Drente", flötete Schneiderchen, die Sekretärin. „Ich soll Ihnen die Privatnummer des Genossen Staatssekretär geben, er ist zu Hause. Augenblick, bitte."

Das klappt ja besser, als ich es mir wünschen konnte, dachte er und meldete kurz entschlossen gleich noch das zweite Berliner Gespräch an. Kutte Gabler war tatsächlich daheim, er schien sogar auf Drentes Anruf gewartet zu haben.

„Hallo, Helmut! Du bist von Paris zurück? Großartig! – Hab mich in dir nicht getäuscht. – Und? – Schön? – Na, prima, das freut mich für dich. – So, nun bleiben wir aber dran, jetzt wollen wir mal ein bißchen auf den Busch klopfen. Einen alten Kumpel läßt man nicht hängen, das weißt du doch, und die sollen da wissen, was sie an dir haben. – Doch, doch, mal nicht so bescheiden, mein Lieber..."

Drente berichtete kurz, was ihm an der Grenze passiert war. Kein Problem für den Gesprächspartner.

„Das wird geklärt, verlaß dich drauf. Ist ja lächerlich dir gegenüber. Bezirksbehörde der Zollorgane? Aber ja, das bringen wir gleich heute in Ordnung. Laß dich dort sehen, sagen wir um drei, da haben die genügend Zeit, sich einen Kopf zu machen. Bis dahin ist das geklärt. Da haben wir doch schon ganz andere Sachen geschaukelt. Ja, mein Guter, wir bleiben natürlich in Verbindung. Und du selber hast kein Telefon? Was, Untermieter? Das klingt ja wirklich wie aus einem Groschenroman. Na ja, kommt Zeit, kommt Rat. Tschüs, Helmut, und danke für den Anruf!"

Mensch, dachte Drente, wer einmal in den Laden richtig reingerochen hat, schafft alles. Ist doch nicht zu glauben. Also heute nachmittag schmeißen wir die Zollheinis aufs Kreuz, und am Sonntag stechen wir mit Claudia in See. Das ist ja gerade, als wäre mein Paris–Abenteuer noch immer nicht zu Ende.

Beim Hinausgehen winkte er Claudia siegesgewiß zu. Es regnete nicht mehr. Und jetzt? Erst mal zur Dampfer–Anlegestelle und die Karten besorgen, damit nicht am Ende der Traum an den banalsten Dingen scheitert. Beamte wollen alles rechtzeitig geregelt sehen. Er stand eine Weile am Strom und schaute in das ziehende Wasser. Eine Schiffssirene erbrüllte sich Platz, ein Schleppzug kam daher, auf dem ersten Kahn flatterte Wäsche, eine Frau kippte mit weitem Schwung einen Eimer aus. Das muß Spaß machen, dachte Drente, auf so einem Ding mitfahren, eine Insel abseits der alltäglichen Welt und doch auch voller Leben.

Ach ja, das Wasser, es strömt dahin, treibt dem Meer entgegen, der Grenzenlosigkeit. Die Nordsee habe ich auch noch nicht erlebt, dachte er, nur die Ostsee und das Schwarze Meer damals bei Mamaia, als es noch kaum Tourismus gab. Ich habe Grenzen durchbrochen und werde das wieder tun, sobald sich die Gelegenheit bietet. Das wäre überhaupt eine Lebensaufgabe: Grenzen durchbrechen, das Trennende zum Verbindenden machen in jeder Hinsicht. Aber das dürfte viel Widerstand geben. Ganz oben natürlich, und was machen bei offenen Grenzen alle diejenigen, die jetzt noch von ihnen leben? Die Abstempler, die Gepäckkontrollierer und deren Vorgesetzte? Ich könnte mir für mich nichts Schrecklicheres vorstellen als einen solchen Posten – ein mit Mißtrauen und unguten Begegnungen vertanes Leben.

Am Nachmittag erlebte er dann die Zollbehörde in gänzlich anderem Licht. Der Zerberus am Eingang hatte alle Bärbeißigkeit verloren und setzte für den erwarteten Besucher ein überaus freundliches Gesicht auf. Er hatte einen Herrn bei sich, der sofort aus dem Geviert auf den Gang herauskam und Drente vertraulich beiseitezog. „Becker, Bezirksleitung der Partei, Kulturabteilung", stellte er sich vor. „Herr Drente, das ist ja eine peinliche Sache. Sie hätten uns doch aber vorher Bescheid sagen können, da wären Sie bei der Einreise unkontrolliert geblieben..." Und – und – und ... – Der brave Bürger Drente hörte aufmerksam zu und nickte bescheiden. Innerlich aber triumphierte er. Na also, Kutte Gabler hatte wirklich ganze Vorarbeit geleistet.

Es gab noch eine Art Verhandlung im Zimmer des Sachbearbeiters. Drente wurde belehrt und nahm das würdevoll entgegen. Man wollte ja sein Gesicht wahren in dieser Dienststelle. Also: Künftig eine einfache Aufstellung der eingeführten Gegenstände und diese dem Kontrollorgan unaufgefordert vorgelegt – und wenn sich der Genosse an der Grenze etwa im Ton vergriffen hätte, dann wollte man sich dafür hiermit entschuldigen. Es wäre aber anzumerken, daß die diensthabenden Kader auch so manchen Ärger hinterschlucken müßten. Gerade an dem fraglichen Tage hätte sich eine Gruppe Westberliner Studenten dort recht provokatorisch verhalten, indem bei der Kontrolle jeder Einzelne nacheinander ein rotes Fähnchen aus dem Gepäck gezogen und damit gewedelt hätte, jeder mit den gleichen Worten: „Ein hübsches Rot, ja?" – So etwas bliebe natürlich nicht ohne Wirkung auf die Kontrollorgane.

Der Mann von der Bezirksleitung nickte zustimmend.

Großer Gott, was für ein Knatsch, dachte Herr Drente. Gerade Knatsch ist doch wirklich das Uninteressanteste im menschlichen Zusammenleben. Ich, werter Herr Genosse Sachverständiger, ich hätte so etwas auf keinen Fall ins Protokoll gegeben. Ich hätte vielmehr über diesen offensichtlichen Studentenulk herzhaft gelacht und damit eindeutig gewonnen; aber Lachen uniformierter Personen bei der Amtsausübung schadet dem Ansehen unseres Arbeiter- und Bauernstaates, klar! Also bitte immer und überall den nötigen Ernst wahren, ja?

Herr Drente hörte kaum noch hin, was da noch alles gesagt wurde. Fakt war, daß er seine Bücher und Zeitschriften zurückbekam, dazu sogar noch eine Plastiktüte für den bequemeren Heimtransport. Er leistete auch gern die notwendige Unterschrift als Quittung und behielt von dem Ganzen eigentlich nur eine Äußerung im Ohr: „Dann also künftig bitte..." Man rechnete tatsächlich hiesigenorts mit weiteren derartigen Reisen dieses oben so geschätzten Schauspielers, wenn das Ministerium sich solchermaßen für ihn einsetzte.

Händeschütteln, danke, danke, und auf Wiedersehen und spürbare Erleichterung, daß sich dieser wichtige Herr Drente überaus einsichtsvoll zeigte. Auf dem Gang noch einmal der Abgesandte der parteilichen Kulturabteilung mit dem Anerbieten, sich in jedem Fall vertrauensvoll an die Partei der Arbeiterklasse zu wenden, und dann noch... „Alles Gute für die kommende Spielzeit. Man wird sich bei Gelegenheit sehen." Unbefragt gingen sie am Zerberus des Hauses vorbei. Tatsächlich, es war ja heute sogar ohne den sonst unbedingt notwendigen Besucherzettel abgelaufen.

Es geschehen in unserer so banalen Zeit immer noch Zeichen und Wunder, wenn man die richtigen Leute im Rücken hat, wiederholte sich der brave Bürger Drente nun zum xten Male, als er seine zurückgewonnenen Mitbringsel nach Hause trug. Jetzt ein bißchen mehr Entschlossenheit, und die Gunst der Stunde genutzt, was wäre da wohl noch alles zu machen gewesen, doch er schob diesen Gedanken weit von sich. Er hatte alles erreicht, was er wollte. Er war gewachsen, nicht nur, was sein Selbstbewußtsein betraf, nein, auch in den Augen wichtiger Gremien der Stadt, Grund genug, sich rundum zufrieden zu zeigen, wie es sich für einen braven Bürger geziemte.

Daheim musterte er die wiedergewonnenen Schätze. Er konnte wirklich nichts entdecken, was daran hätte staatsgefährdend sein können. Die Zeitschriften enthielten eine Fülle französischen Alltags. Die Bücher würde er anlesen müssen. Selbst der Titel „Emanuelle", der auf den Zöllner so erregend gewirkt hatte, verriet im ersten Durchblättern nichts von seiner angeblichen Sittenverderbnis. Kopfschüttelnd legte er alles auf den Nachttisch.

Er zog sich um und speiste zu Abend im Restaurant des Interhotels, genehmigte sich zur Feier des Tages sogar eine kleine Flasche Sekt. Irgendwer winkte ihm zu, sicherlich ein Theaterfreund oder so etwas. Man kann sich nicht jedes Gesicht merken. Und jetzt? Noch irgendwas Verrücktes anstellen? Was hatte die Stadt denn in dieser Hinsicht zu bieten? Kino? Tanz? Ach was! Vielleicht draußen am Badestrand? Auch nicht. – Also bummelt man sich der Dämmerung entgegen, bleibt einmal hier stehen, ein andermal dort. Triumph, Triumph, schade, daß niemand ihn mit Drente teilen wollte.

XXI.

Man amüsiert sich

Sie hatten das schönste Wetter für ihre Dampferfahrt. Es war ein kleines Motorschiff voll fröhlicher Leute. Ein Akkordeonspieler sorgte für Unterhaltung. Man saß auf dem Oberdeck und warf Keksstückchen für die Möwen hinaus. Es roch herrlich nach Fluß.

Eine leichte Brise sorgte für Kühlung und ein notwendiges Wellengeriesel.

Was für ein Leben! Man sitzt bequem im Bordstuhl, den Arm lässig auf die Lehne gelegt, man schaut betont gleichgültig in das ziehende Wasser, genehmigt sich ab und an einen Schluck des bordeigenen Freudengetränks und nimmt beinahe mitleidig wahr, daß da an den Ufern Leute beschäftigt sind, mit ihrem Traktor Gras zu schneiden oder irgendwelche Ausbesserungsarbeiten zu verrichten, heute am Sonntag! Das unterscheidet sich in nichts von den Szenen, in denen globetrottende Snobs von Luxusdampfern aus die Primitivität afrikanischer Völkerschaften genießen.

Hat man gar noch ein hübsches Mädchen neben sich, dem diese Fahrt genau soviel Spaß zu machen scheint, und das sicher in der kommenden Nacht ihrer Freude noch eine intimere Krone aufsetzen möchte, so ist die Glückseligkeit vollkommen, und man möchte jetzt mit keinem anderen tauschen.

Herr Drente gab sich heute gänzlich gelöst. Er flüsterte Claudia verrückte Sachen ins Ohr und genoß ihr fröhliches Lachen. Er war ganz der gönnerhafte Playboy, und sie schien das hingebungsvoll zu genießen. Man war eins mit Fluß und Landschaft, winkte zu den entgegenkommenden Schiffen und Kähnen hinüber und bewunderte die Manövrierkünste einiger Segler.

Gegen Mittag legten sie bei einer Ausflugsgaststätte an, der Bootsmann machte die Trossen fest und schob den Landesteg herüber. Die Passagiere wurden bereits erwartet. Sie setzten sich also unter die bunten Sonnenschirme und studierten die Speisekarte. Man ließ sich überraschen und wurde nicht enttäuscht. Sie schmausten also mit Appetit, und Claudia ließ sich auch wieder zu einem Schoppen Wein überreden. Es war so richtig ein Tag ohne alle Pflichten, man konnte sich heute nach Herzenslust amüsieren, und Herr Drente gratulierte sich, diese gute Idee gehabt zu haben.

„Bitte noch die beiden großen Eisbecher."

Die Bedienung deutete einen Knicks an, und Claudia lachte wieder. Er faßte ihre Hand, sie wechselten einen kurzen Blick, der beiderseitiges Einverständnis über diesen schönen Tag kundtat. Die Gespräche drehten sich um lauter Unwichtigkeiten, schön, wenn man so richtig albern sein darf. Das hier könnte ebensogut eins dieser hübschen Lokale in Paris an der Seine und Claudia eine von den kleinen, neckischen Midinetten sein, überlegte Drente.

Als ihr Schiffchen laut zur Abfahrt mahnte, legte eben ein zweites am Nachbarsteg an. Die Bedienung räumte rasch den Tisch ab; denn die nächsten Hungrigen kamen an Land. Man musterte sich gegenseitig, nickte sich wohl auch in all der Sommerlaune zu. Vor Claudia blieb plötzlich ein Mann stehen, offensichtlich ein Bekannter.

„Ach, die Genossin Frühauf! Tag auch!" rief er.

„Tag, Genosse Kühnel", antwortete sie. „Welch ein Zufall!"

„Ja, das herrliche Wetter. Viel Spaß noch."

„Danke, ebenfalls!"

Sie betraten das Schiff, gingen zu ihren Plätzen, Drente sah Claudia von der Seite her an. „Du bist in der Partei?" fragte er verwundert.

„Sicher, du nicht?"

„Kein Gedanke."

„Wieso nicht?" fragte sie schmunzelnd. „Bist du denn nicht vom Sieg des Sozialismus überzeugt?"

Er hob die Schultern. Sie setzten sich. Was sollte er denn antworten? Man unternimmt mit einem hübschen Mädchen einen sommerlichen Dampferausflug, und während andere dabei nun weiter herzhaft flirten und Süßholz raspeln, soll man selber jetzt vielleicht politische Themen abhandeln? Das war doch wohl ein ganz absurder Gedanke.

„Du sagst ja gar nichts“, drängte sie. „Ehrlich, überzeugen dich unsere vielen Errungenschaften nicht?“

Großer Himmel, dachte der brave Bürger Drente, diese Rückfahrt kann ja wirklich heiter werden. Sie sah ihn aufmerksam an. Wie sollte er jetzt bloß beginnen?

„Du weißt, ich war in Paris“, sagte er endlich. „Andere dürfen das nicht, du auch nicht. Und warum nicht? Gibt dir das nicht zu denken?“

„Die Partei wird ihre Gründe dafür haben“, sagte sie.

Er mußte sich das Lachen verbeißen, nahm ihre Hand und fuhr fort: „Da fällt mir der hübsche Witz von dieser internationalen Konferenz in Berlin ein, wo die ausländischen Gäste empört wieder aufspringen, weil sie alle Reißzwecken auf dem Sitz haben. Nur die Vertreter unseres Staates legen nach dem ersten Schreck die Dinger wieder hin und sagen: ‘Die Partei wird sich schon etwas dabei gedacht haben’.“

„Darüber würde ich keine Witze machen“, meinte sie und zog ihre Hand zurück. „Die verantwortlichen Genossen haben sich wahrscheinlich genug Gedanken über bestimmte Reisefreiheiten gemacht und wissen das zu verantworten, wenn manches noch nicht so ist, wie sich viele das wünschen. Das muß ich doch respektieren, oder?“

Er legte ihr beschwichtigend die Hand auf den Unterarm und sagte fast väterlich: „Du hast gefragt, warum ich nicht in der Partei bin. Na ja, die Menschen sind nun mal unterschiedlicher Natur. Ich betrachte mich wirklich als einen loyalen, braven Bürger; aber ich bin einfach nicht geschaffen, mich total unterzuordnen, und eure Partei beansprucht das von ihren Mitgliedern, das kannst du nicht in Abrede stellen. Über Beschlüsse und Anordnungen wird nicht diskutiert, das weißt du auch.

Aber, liebe Claudia, wenn du Augen und Ohren offen hast, muß dir doch so vieles auffallen, was einfach nicht stimmt. Das kann ich nicht hinnehmen mit den Worten: Die Partei wird ihre Gründe haben.“

Schweigen.

„Du müßtest doch in eurer Parteigruppe ständig bohren und drängen, daß der Sozialismus endlich richtig gemacht wird“, fuhr er fort.

„Wenn der Sozialismus gesiegt hat, wird das schon alles kommen, dann muß es kommen.“

Er schüttelte den Kopf. „Nein“, sagte er. „Er geht wahrscheinlich überhaupt nicht zu machen, glaube mir das. Er ist ein wunderschöner Traum – aber auf jeden Traum folgt nun mal das Erwachen.“

„Du Schauspieler“, sagte sie.

Es kam zu keinem ordentlichen Gespräch mehr, gerade so, als wäre zwischen ihnen plötzlich ein Gitter heruntergeklappt. Klar, Drente hätte sie mit komödiantischem Geschick wahrscheinlich bald wieder in die vormittägliche Amüsierlaune zurückgebracht, doch sein Inneres sträubte sich dagegen. Er erinnerte sich an seine Studienzeit. Damals hätte er auch kein Mädchen angefaßt, das die blaue Bluse der Freien Deutschen Jugend trug. Uniformierte bezirzt man nicht. Das amtliche Kleid war ihm immer wie ein Tabu erschienen, das er nicht brechen wollte.

Endlich hörten sie, daß unter Deck zum Tanzen aufgespielt wurde, also gingen sie hinunter und hielten für eine Weile mit; aber auch da fanden sie nicht in die verlorene Stimmung zurück. Er dachte: Die Genossin Claudia. – Sie überlegte: Auch bloß so ein halber Mitstreiter, der sich nicht binden will. Da wird er wohl bei anderen Anlässen ganz genauso sein.

Als sie ausstiegen, schützte sie Müdigkeit vor und bestand darauf, allein mit der Straßenbahn heimzufahren. Nein, sie wollte sich nicht einmal mehr zum Abendessen einladen lassen. Und er? Drente kam sich jetzt zu dumm vor, sie noch nachhaltig zu bitten.

„Na, dann“, sagte er und hielt ihr die Hand hin.

„Schade“, sagte sie und lief rot an. „Man soll eben das Theater nicht ernst nehmen.“ Dann wandte sie sich um und ging langsam zur Haltestelle..

Was denn? überlegte er, bin ich jetzt der Alleinschuldige? Und das Theater muß nun auch noch mit dran? Welche Naivität! – Nehmt drum die Bühne nie ernst! Wo kommt denn das vor? Richtig, Bajazzo, vorletzte Spielzeit. Na, entschuldige, Mädchen, aber so tragisch wie da wird es mit uns bestimmt nicht enden. Eher wohl lächerlich. Der brave Bürger Drente hat sich mal wieder was eingebildet, dieser Kasper. Diesmal konnte er nicht mal eine kleine Aufgabe vorzüglich meistern. Ja, außerhalb der Bühne gelten andere Gesetze.

Er kaufte sich am Kiosk eine Wurst, wollte jetzt auf gar keinen Fall noch irgendwo pompös speisen, allein, wo er sich doch einen ganz anderen Abend erhofft hatte. Abermals etwas, worin ich die Firma Guck, Horch & Greif nicht belogen habe: Bei mir hält es keine Frau lange aus. Fragt die Genossin Claudia, die wird euch das bestätigen. Ein totaler Reinfall also, dieser schöne Sonntag, und warum? Weil sich diese Scheiß-Politik zwischen uns gedrängt hat.

Was macht man jetzt in so einer Situation? Man amüsiert sich. Na, klar! Man sollte diese ganze Geschichte amüsant sehen. Haha, das ist nun mal so bei uns, was regst du sich auf, Hanswurst? Die Partei hat dir deine Colombine geraubt? Stiehl ihr dafür die Schau! Du wirst im Stück unseres Dichters den Parteisekretär mimen, zeig ihn so, daß man im Publikum drüber grinst, daß man sich gegenseitig in die Rippen bufft vor innerlichem Vergnügen. Du hast sowas von der Pike auf gelernt. Beweise also, daß du das Gelernte auch anwenden kannst. Bis zur Generalprobe brav nach dem Willen des Regisseurs, und bei der Premiere kommt dann der Hammer. Peng!

Das muß ja nicht gleich einen Rausschmiß geben, wozu bist du Komödiant? Er freute sich plötzlich auf das Kommende. – Vielleicht steht dann abermals ein Mädchen vor dem Bühneneingang und hofft auf Autogramme. Dann zuerst eine Frage: „Bist du in der Partei, mein schönes Kind?" Er lachte unvermittelt laut auf, daß sich einige Leute nach ihm umwandten.

Und jetzt? Was fängt man mit diesem angebrochenen Abend an? Na, klar, man amüsiert sich. Der brave Bürger Drente machte sich auf den Weg zur Olympia-Bar. Wenn er jetzt noch in Paris wäre, in dieser Stimmung hätte er Tante Jeannettes letzte Francs der erstbesten hübschen Flaneuse in den Schoß geworfen. Plötzlich stutzte er. Hatte er sich nicht eigentlich saublöd benommen? Warum mußte er denn nach dem Gruß des Genossen mit einer so dämlichen Fragerei beginnen? Das ist doch nun mal so, daß der und jener in der Partei ist, aus was für Gründen auch immer. Ja, auch im Theater – warum denn nicht bei der Post? Manche Worte hat man diskret zu überhören, oder man steht am Ende allein da. „Trottel!" sagte er laut.

Die Olympia-Bar war wohl wegen des sommerlichen Wetters und der so frühen Stunde nur schwach besucht und sah nicht nach Amüsement aus. Hier und da einzelne Paare, auf der Tanzfläche drehte sich eins solo. Herr Drente bestieg einen Barhocker. „Ich möchte was Frisches, eine Kalte Ente oder sowas."

„Aber gern", sagte der Keeper.

Es wurde nichts mehr an diesem Abend. Zwar kam nach einiger Zeit noch ein vergrämter Kerl dazu, der einen seelischen Müllkübel brauchte. Herr Drente hörte ihm eine Weile zu, vernahm, daß ihn die Frau nicht verstünde. Schließlich zahlte er und ging.

XXII.

Der brave Bürger auf der Leiter zum Ruhm

Herrn Drentes Ärger war vergessen, als er seine Fotos und Diapositive in Händen hielt. Donnerwetter, waren die gut gelungen! Jetzt saß er nur noch in seinem Zimmer, schnitt, rahmte, sortierte, ordnete die dazugehörigen Notizen. War das eine Freude: Die charakteristischen Winkel des Montmartre, das Treiben am Rande der Boulevards und an den Quais, Francois und Maurice unter den Brücken – ja, so, gerade so hatte er sich das vorgestellt. Jetzt würde er die Texte dazu schreiben, und dann, lieber Kulturbund: „Der Schauspieler Helmut Drente vom Stadttheater plaudert mit uns über Paris und zeigt dazu seine erstaunlichen Lichtbilder."

Frau Blasewitz gab sich besorgt, daß er kaum aus dem Zimmer kam. Sie ermahnte ihren Untermieter, über all seiner Arbeit nur ja nicht das notwendige Maß an Bewegung in frischer Luft zu versäumen. Das wäre er doch wohl seiner Gesundheit schuldig. Ja, ja, ja – im Augenblick lebte er wie im Rausch, das trug ihn davon, da war mehr Bewegung, als seine Füße ihm hätten verschaffen können.

Die umsichtige Wirtin sah das ein, als er sie zu seiner „Welt-Uraufführung" ins Zimmer bat und sie mittels Wort und Farbdias nach Paris entführte. „Das wird den Leuten gefallen", rief sie, „das ist Ihnen ja unbeschreiblich gut gelungen!" – Anderntags fuhr er los ins Eisenbahner–Klubhaus, um seinen ersten Vortrag anzumelden, und er bekam auch ganz kurzfristig einen Termin zugesagt.

Dann begannen die Theaterproben. Am ersten Tag wie üblich nach den Ferien viel Gespräche: Wie war es im Urlaub? – Und? Paris? Alle Erwartungen erfüllt? Phantastisch' – Ja, Beziehungen muß der Mensch haben. – Auf dem Flur stieß er auf Alexander Bohnheim. Der faßte ihn vorn bei der Jacke. „Was?" fragte er. „Du spielst in den 'Glückskindern' den Parteisekretär? Du bist doch nicht mal Genosse!"

„Na und?" meinte Drente. „Du hast im vorigen Jahr einen Gangsterboß gespielt, ohne in einer Gang zu sein."

Bohnheim schaute böse. „Du ziehst ja merkwürdige Vergleiche", sagte er spitz.

„Überhaupt nicht. Wozu bin ich Komödiant, wenn ich mich nicht in jede gewünschte Figur hineinversetzen und sie mit Leben erfüllen könnte?"

Bohnheim winkte ab. „Ja doch, das ist eine Binsenweisheit; aber eine solche Rolle müßte man um der Glaubwürdigkeit willen wirklich mit einem Genossen besetzen."

Herr Drente hob bedauernd die Hände. „Nein", gestand er, „ich bin kein Genosse, ich bin einfach nur ein braver Bürger."

Kopfschüttelnd ging Bohnheim weiter. Schon kam Gerhard Haase von der anderen Seite und schwenkte die Arme. „Du bist doch auch in der neuen Sache von unserm Hausdichter mit drin", posaunte er. „Hast du den Text schon gelesen? Nein? Ein Scheißstück kann ich dir sagen. Absolut dramaturgisches Ödland."

„Na und?" fragte Drente. „Hat doch auch seinen Reiz, Ödland in einen Garten zu verwandeln. Ich halte das jedenfalls für abwechslungsreicher, als in einer piekfeinen Anlage nur so zu lustwandeln."

Gerhard Haase lachte. „Von dir sollte sich dieser Dichter eine Scheibe abschneiden", sagte er.

„Danke für die Blumen!"

Ab! – Der Nächste: „Was sagst du zu diesem Stück?"

„Keine Ahnung!"

„Wie wahr, wie wahr!"

Schließlich noch Willy Steiner: „Na, du Pariser? – Das haben wir gern. Sielt sich in privatkapitalistischen Betten herum, und zu Hause mimt er einen linientreuen Parteibonzen!" Er wandte sich um. „Oh, hat das etwa jemand gehört? Nein, da fühle ich mich aber wieder mal erleichtert! Na, ich hoffe, du wirst der großen Partei keine Schande machen."

„Ich will mir Mühe geben", versprach Drente.

Das neue Stück gab wirklich nicht viel her. Zwei junge Leute, die sich lieben – wie umwerfend neu. Das klappt natürlich nicht, weil jeder in eine andere Richtung zieht – auch noch nie dagewesen. Ort der Handlung natürlich ein volkseigener Betrieb, zukunftsträchtig, Weltspitze anstrebend, der Parteisekretär als sogenannte Richtfigur, die dann glücklich alles zum Guten, das heißt, zum obrigkeitlich gewünschten Ende führt. Das Ganze wurde einigermaßen erträglich, weil der hauseigene Dichter ein Gespür für Situationskomik besaß und munter drauflos schwadronierte.

Regie führte wieder Bussenius, er besaß die meiste Erfahrung, und der Intendant legte verständlicherweise Wert darauf, daß jenes Stück, das doch sozusagen unter der Devise „Schriftsteller in die Betriebe" hier bei uns entstanden war, nun auch entsprechend inszeniert und dann natürlich auch ein Erfolg werden sollte. Also, gebt euch Mühe, Leute, und beweist, daß die Absicht der Partei, die Autoren vom Schreibtisch weg und in den profanen Alltag zu bringen, richtig war und erste greifbare Erfolge zeitigt.

Sie probierten brav und doch ohne Enthusiasmus. Da der Dichter bei fast jeder Probe anwesend war, gab es in seiner Gegenwart kaum ernsthafte Einwände. Er kam sogar gelegentlich auf die Bühne, griff in das Geschehen persönlich ein und bewies den Akteuren, daß er sich bei seinem Werk wirklich etwas gedacht hatte.

Die Premiere zu Hochhuts „Stellvertreter" kam gut an. Der Chef des Hauses hatte selbst die Rolle des Papstes übernommen. Sie schien ihm geradezu auf den Leib geschrieben zu sein. Helmut Drente spielte den alten Luccani bieder und ohne Hingabe, mehr wurde von ihm dabei wohl auch gar nicht erwartet. Das Theater erschien ihm in diesen Tagen ohnehin nicht besonders wichtig. Seine wirklichen Triumphe feierte er bei den ersten Vorträgen über seine Reise, ganz so, wie er es beabsichtigt hatte. Überall wurde er weiter empfohlen und war dadurch an fast allen spielfreien Abenden beschäftigt.

Das Publikum nahm Drentes Darbietungen dankbar auf, erlebte man dabei doch eine Welt, die von der eigenen so endlos weit entfernt lag. In den anschließenden Diskussionen ging es lebhaft zu, und er hatte viele Fragen zu beantworten. Aber merkwürdig, die wohl naheliegendste Frage wurde nie gestellt: Wieso konnten Sie denn so einfach nach Paris reisen? – Nein, das fragt ein Bürger des Arbeiter- und Bauernstaates aus Loyalität nicht, das kommt ihm gar nicht unter, obgleich Herr Drente auch darauf vorbereitet war.

Auch von gewissen Leitungen wurde ihm jetzt sozusagen symbolisch auf die Schulter geklopft. Donnerwetter, welches Klassenbewußtsein spricht doch aus diesen Bildern! Hier konnte man unseren Werktätigen mal so richtig vor Augen führen, was das Proletariat im Kapitalismus zu erdulden hat. Man würde das höheren Ortes zur Sprache bringen. Der brave Bürger Drente nahm das unberührt zur Kenntnis, er grinste nur innerlich und gedachte seiner Überlegungen, als diese Bilder entstanden. Wie lange war das schon wieder her!

Bei der Generalprobe der „Glückskinder" wurde nur brav geklatscht, und der Intendant zeigte Sorgenfalten. Regisseur Bussenius riet noch zu diesem und jenem, und der Autor war auffällig blaß und fahrig. Herr Drente hatte seinen Text ordentlich heruntergespielt. Wartet nur bis morgen, dachte er, da drehe ich auf, da soll euch Hören und Sehen vergehen.

Was riskiere ich? überlegte er. Kann ich es auf einen Rausschmiß ankommen lassen? Oder droht noch Schlimmeres? Ein Parteisekretär, der ein fideles Huhn ist, der auf der Bühne rülpst und die eine oder andere Figur hübsch vor den Kopf stößt – was für eine Aufgabe! Er hatte eingehend daheim vor dem Spiegel geübt. Natürlich würde er nicht die Würde der großen Partei in Frage stellen, nicht den Staat und seine führenden Köpfe. Er ist ja kein Blödmann.

Aber er wird dieser Figur ihren verdammten Bierernst nehmen, wird beweisen, daß das auch nur ein Mensch ist und kein Paradestück, das sich nicht besaufen darf, keinen Widerspruch kennt, sich nie auf Weibergeschichten einläßt und immer die richtigen, gerade gewünschte Parolen auf Lager hat. – Apropos besaufen, dachte er. Eine kleine Flasche Wodka einstecken und im zweiten Akt mitten in der hochdramatischen Szene einen herzhaften Zug aus der Pulle. Mann, das schlägt ja, wie man so schön sagt, eindeutig dem Faß die Krone ins Gesäß.

Er schlief unruhig in dieser Nacht.

Und dann war es soweit. Das Premierenpublikum füllte das Haus. In den Garderoben und Gängen zitterte die gewohnte Unruhe mit „Toi, toi, toi" und freundlichem Zunicken für all zu aufgeregte Kollegen. Endlich die Klingelzeichen, Vorhang, schon ist alle Angst wie weggefegt, jetzt wird gespielt, was das Zeug hält.

Herr Drente fiel seinen Partnern bald auf. Sein Parteisekretär war heute anders als bei den Proben. Das ist doch gemein, wenn man plötzlich mit dem eingeübten Gestus nicht mehr ankommt und sich ganz auf neue Varianten einstellen muß. Es wurde unruhig hinter der Bühne, dann kam der erste uneingeplante Lacher aus dem Publikum, schließlich gar Szenenapplaus.

Im Konzimmer machten sie sich über ihn her: „Bist du noch zu retten? – Was machst du aus deiner Rolle? – Das geht doch hundertprozentig ins Auge!"

„Ach, habt ihr den Beifall nicht gehört?"

„Zählst du deinen Erfolg am Pöbel? Im ersten Rang sitzt die Parteispitze, das allein zählt!"

Nun auch noch der Regisseur, hochroten Gesichts: „Wir sind hier im Stadttheater und nicht im Zirkus!"

„Asche auf mein Haupt", sagte Drente; „aber ich kann diese trockene Figur nur so anlegen und nicht anders."

„Und das fällt Ihnen jetzt ein? Bei der Premiere? Die Geschichte wird Folgen haben!"

Der Lautsprecher knackte. „Ihr Auftritt, Herr Drente", mahnte der Inspizient. Der Regisseur raufte sich das Haar. Wenn das nur gut ging. Er trug die Verantwortung, er ganz allein.

Indessen draußen Auftrittsapplaus für den Parteisekretär. Na, also, dachte der brave Bürger, dann schmeißt mich doch raus! Ihr müßt mal wieder Lessing lesen, da steht es deutlich: Alle können sich irren, Autor, Regisseur, Darsteller – einer irrt sich nie, und das ist das Publikum.

Im zweiten Akt dann der Gag mit der Wodkaflasche, das Publikum jubelte, und die Partner hielten die Luft an. „Jetzt hat er sich sein Grab gegraben", sagte Bussenius und hätte am liebsten den Vorhang ziehen lassen. Da brauen sich doch Gewitterwolken über dem Stadttheater zusammen. Samiel hilf!

In der Pause entwich Herr Drente auf die Toilette und blieb dort bis zum Klingelzeichen sitzen. Das Publikum war inzwischen in guter Stimmung, wieder erhielt der Parteisekretär Auftrittsapplaus, und die Lacher blieben auf seiner Seite, zumal einige Kollegen es inzwischen vorzogen, auf seinen Ton einzugehen, um ein Wenig von der allgemeinen Zuneigung abzubekommen.

Am Schluß Vorhang über Vorhang, man applaudierte stehend, und der Dichter, der sich überglücklich immer und immer wieder mit den Darstellern verneigte, strahlte in rosiger Gesichtsfarbe. Blaß war an seiner Stelle der arme Bussenius, der das kommende Donnerwetter vorauszuahnen schien.

Drente schminkte sich ab, stieg in den Festanzug, obgleich er nicht wußte, ob die Premierenfeier jetzt mit ihm steigen würde. Er fühlte sich etwas flau, als er langsam ins Kasino hinunterging. Der Regisseur würdigte ihn keines Blickes. Dann kam der Intendant, stellte sich Drente gegenüber und sagte fast tonlos: „Sie wissen doch wohl, was Sie sich da erlaubt haben?"

„Ich kann es mir denken."

„Das glaube ich allerdings nicht so ganz."

Endlich nahte die Parteispitze des Bezirkes, frohe, lachende Mienen, offene Hände: „...also sehr schön, das Stück, genau das, was wir brauchen können. Und Sie, Herr Drente, meinen Glückwunsch! Sie haben diesen Parteisekretär da so überzeugend liebenswürdig dargestellt. Bleibt nur zu hoffen, daß sich viele unserer Genossen an der Basis dieses Stück ansehen und daraus lernen. Nochmals Gratulation, mein Lieber!"

Und schon der nächste, Schulterklopfen, lobende Worte rings im Kreise. Das allgemeine Aufatmen der Theaterleute war überaus beeindruckend. Die Sonne geht auf! Alles beginnt zu strahlen, der hochverehrte Herr Intendant, der Regisseur, der beglückte Autor. Schlagartig waren die Gewitter über dem Stadttheater versunken. Drente schaute in sein Sektglas. Haben die etwa gar nicht mitbekommen, wie untypisch ich diese Figur überzogen habe?

Kein Platz mehr für weitere Gedanken. Hinz und Kunz kam, um mit anzustoßen. Prost! Mann, das war aber gut! Und die Kollegen, nun auf einmal versöhnt: „Mensch, damit bis zuletzt hinter dem Berg zu halten, du alter Filou! Das machst du aber mit uns nie wieder, hörst du?" – Nach einer Weile dann noch im Vorübergehen der Chef ganz vertraulich: „Hätten Sie nicht mal Lust, eine Komödie zu inszenieren, Sie mit Ihren Einfällen?"

Samiel hilf, dachte jetzt auch Drente und wandte sich um mit großer Geste. Im Kasino lauter zufriedene Gruppen. Eine um Regisseur Bussenius, der sich widerspruchslos zu seiner hübschen Ideenfülle gratulieren ließ, die andere, noch gewichtigere, jetzt wieder um den Intendanten, dem man Komplimente über seine zielgerichtete Förderung junger Talente antrug, der Dichter selbst, schon ganz in Weinlaune, schwamm auf den Wogen seines Erfolgs, und Herr Drente, wohin er auch schaute, erntete freundliche Gesichter, Ruhm und Anerkennung genießend.

XXIII.

Auf den Höhen der Kultur

Die „Glückskinder" liefen recht annehmbar weiter. Einiges wurde geändert, Herr Drente in seinem komödiantischen Überschwang um ein Weniges gebremst, ansonsten herrschte bald wieder der übliche Theateralltag. Die

Bezirkspresse berichtete wohlwollend, nun ja, Parteiorgane waren an Weisungen gebunden, wie sollte es denn anders sein? Auch Drente verfiel wieder in den gewohnten Trott, bei ihm war das jetzt allerdings gehobener Alltag; denn auch er wurde nun mehrfach in der Zeitung erwähnt, nachdem seine Lichtbildvorträge so gut beim Pubikum aufgenommen wurden.

Der Intendant hielt Wort. Herr Drente sollte den „Biberpelz" inszenieren, das war für den Anfang weniger gefährlich, als wenn es sich um ein Gegenwartsstück gehandelt hätte. Er genoß dies mit verhaltener Würde, zumal ihn einige Kollegen, allen voran Willy Steiner, wohl durchschaut hatten. Jedenfalls entnahm er das gelegentlichen Äußerungen, die zwar freundschaftlich klangen, auf der anderen Seite jedoch genau ins Schwarze trafen. Er zwinkerte dann immer verstohlen oder zog vieldeutig das Augenlid herab: „Holzauge, sei wachsam!"

Eines Tages, er saß wieder einmal frühmorgens geruhsam in seinem Zimmer, da brachte ihm die gute Frau Blasewitz einen gewichtigen Brief. „Vom Präsidium des Kulturbundes aus Berlin", flüsterte sie ehrfurchtsvoll.

„Ach, du meine Güte", sagte er. „Habe ich etwa den Beitrag nicht bezahlt?"

Er riß den Umschlag geradezu bäurisch mit dem kleinen Finger auf, zog das Blatt heraus und las dann laut vor: „Für hervorragende kulturpolitische Leistungen wird Herrn Helmut Drente die Johannes-R.-Becher-Medaille in Silber verliehen. Der Festakt findet am 5. Oktober im Haus des Präsidiums in Berlin statt."

„Nein!" rief Frau Blasewitz und legte erschauernd beide Hände auf den Mund.

„Nicht, daß Sie denken, Sie könnten mir jetzt die Miete erhöhen", sagte Herr Drente.

„Wie werde ich denn... Einem so berühmten Menschen!"

„Sie könnten ja auch jetzt meine Autogramme unter der Hand an Liebhaber verkaufen."

„Sie machen immer Scherze", sagte sie, das Geschirr vom Tisch räumend.

Der brave Bürger Drente steckte das so wichtige Schreiben in seine Mappe, zog den Mantel über und ging zur Probe. Frau Blasewitz schaute ihm durch die Scheibe bewundernd nach. Ein so bescheidener Mensch, dieser Herr Drente, und dabei doch derart bedeutend. Eine Silbermedaille in Berlin, das mußte sie gleich nebenan Fräulein Wildenbach erzählen.

Helmut Drente ging seinen gewohnten Weg. Sein Blick fiel auf die große Plakatwand, die ihm jeden Tag rechter Hand das Neueste aus Politik und Gesellschaft entgegenschrie. „Erstürmt die Höhen der Kultur!" stand da in großen Lettern. Er blieb für einen Augenblick stehen. O ja, er hatte erstürmt, Einfall auf Einfall, aber auch Gremium auf Gremium – war er jetzt oben auf diesen Höhen? Ihm fiel ein, daß die Becher-Medaille unter den Künstlern des Landes einen guten Namen hatte. Wer mochte ihn denn vorgeschlagen haben? Der Intendant doch wohl kaum, der besaß diese Auszeichnung ja selber noch nicht. Der Kulturbund vielleicht oder die Parteispitze des Bezirks? Ihn als nichtmal Genossen? Unwahrscheinlich.

Oder ob Kutte Gabler die Hand im Spiel hat? Gleichviel, dieses Schreiben werde ich erst mal dem Chef des Hauses vorlegen, zwei Tage Berlin im Oktober, die nicht aufschiebbar sind, und dann bitte ich mir gefälligst Achtung aus, Kollegen, auf den Höhen der Kultur ist man der Sonne recht nahe. Er lachte vor sich hin beim Weitergehen.

Der Intendant räusperte sich vernehmlich, als er das bewußte Schreiben vorgelegt bekam, dann sagte er: „Gratuliere, Kollege Drente. Natürlich geht das in Ordnung bei einem solchen Anlaß. Einer von unseren Dienstwagen wird sicherlich frei sein, der kann Sie fahren."

Ja, Leute, dachte Herr Drente, als er zur Probenbühne ging, auf den Höhen der Kultur geschahen Dinge, von denen man sich als kleiner Provinzmime nichts träumen ließ. Gewisse Abenteuer können einen auch hochtragen in Gefilde, in die man eigentlich gar nicht hineinwollte.

Am Nachmittag rief er Kutte Gabler an. Merkwürdig, daß der schon Bescheid wußte. Es würde abends einen Empfang geben, verriet er, Übernachtung wäre für ihn besorgt, man freue sich, den alten Kumpel so rasch wiederzusehen. „Also, dann bis bald, altes Haus!" Na gut, da wollen wir die Höhen der Kultur einmal ausgiebig unter die Lupe nehmen.

Der brave Bürger Drente wurde also zu diesem bedeutenden Tage hochfein nach Berlin gefahren und vor seinem Hotel abgesetzt. Er hätte allerdings auch ganz gern wieder bei Frau Kettler in der Albrechtstraße logiert, doch das hätte seiner derzeitigen Bedeutung sicher nicht entsprochen. Später fand er sich dann also in erlauchten Kreisen wieder, war besonders erfreut, daß diese Medaille gleichzeitig an Gisela May verliehen wurde, die er sehr verehrte. Er wagte es allerdings nicht, der Künstlerin das zu sagen. Auch auf den Höhen der Kultur gibt es gewisse Graduierungen, die man beachten sollte. Er ließ sich von allen möglichen Leuten die Hand schütteln, saß später dann beim Empfang mit an

Kutte Gablers Tisch, was ihn nun wiederum in den Augen der Gäste als höher graduiert erscheinen ließ. Tolle Namen gingen um, er lernte allerhand Größen kennen, sicherlich vergaßen sie ihn genauso rasch wie er sie.

Zum Glück konnte er ausgiebig mit seinem alten Freund Kutte quatschen, besonders wichtig erschien ihm dessen Hinweis, wenn er im nächsten Jahr in den Spielferien mal wieder verreisen wollte – ein Anruf würde genügen. Kein Zweifel, er hatte die Höhen der Kultur, mit deren Erstürmung andere, weniger vom Glück begünstigte Naturen noch immer beschäftigt waren, wirklich erreicht und durfte ausgiebig Gipfelsonne genießen.

Anderntags nochmals ein kurzer Empfang daheim im Theater. Die Leitung ließ die Pfropfen springen, Klingling und abermals Glückwunsch, und, und, und. Am Abend präsentierte er sich seiner Wirtin im Schlafanzug, die silberne Medaille an der gestreiften Brust. „Honi soit qui mal y pense!" deklamierte er.

„Oh, und was heißt das?" fragte sie.

„Das ist die Inschrift des berühmten britischen Hosenbandordens, sie lautet auf gut deutsch: 'Ein Schelm, wer Arges dabei denkt'." Und nun mußte auch sie noch ein Glas mit ihm trinken.

Später stand er allein vor dem Spiegel sich selbst gegenüber und sprach vor seinem Abbild einen Monolog: „Nun, Alter, wir haben die Höhen der Kultur nunmehro erreicht. Also schön, mein lieber, hochdekorierter Drente, halten wir jetzt in Gottes Namen unsere freche Schnauze, wie sich das für einen braven Bürger gehört, verstanden? – Machen wir mit bei dem ganzen Rummel, und es soll später keiner kommen und uns das vorwerfen. Anderswo sieht man auch zu, wie man zurechtkommt. Dort geht es mit Geld und festen Ellenbogen, hier mit Bauernschläue und ein paar Beziehungen, das eine ist soviel wert wie das andere. Wer, zum Teufel, nimmt sich denn das Recht heraus, über mich urteilen zu wollen? Ich nutze meine Talente und Gelegenheiten wie andere die ihren.

„Honi soit, qui mal y pense!"

Epilog

Das alles ist nun schon eine ganze Weile her. Das Land des Walter Ulbricht gibt es nicht mehr, die Höhen der Kultur sind abgeflacht zu sanften Hügelchen, und der brave Bürger Drente, inzwischen seinen Sechzigern entgegensteuernd, seit Jahren endlich auch verheiratet, verdient sein Brot anderswo an einem jener

Stadttheater, die sich sorgenvoll um ihre Finanzen und damit die Zukunft mühen.

Aus dem Kulturbund sind inzwischen Heimatvereine und Interessengesellschaften geworden. Wer Paris kennenlernen will, fährt auch ohne alle Beziehungen einfach dort hin und muß sich nicht mehr mit Lichtbildvorträgen begnügen, und so wird der Herr Drente nur noch selten für so etwas verlangt. Seine Frau, einst eine Tänzerin, leitet eine junge Trachtengruppe, mit der sie zum Tingeln fährt; aber große Sprünge macht man miteinander nicht mehr.

Man ist ein braver Bürger gewesen und ein braver Bürger geblieben. Ab und an betrachtet Herr Drente seine Sammlung der Urkunden und Medaillen und Premierenschleifen, dann spricht er für sich als alter Lateiner den weisen Spruch: „Sic transit gloria mundi". Seine einstige Wirtin, die gute Frau Blasewitz, die indessen schon lange unter dem kühlen Rasen ruht, hätte ihn sicher nach dem Sinn dieser Worte befragt, und er hätte es ihr wie immer freundlich auf deutsch verraten: „So vergeht der Ruhm der Welt!"

Ab und an nennt jemand den braven Bürger Drente boshaft einen Wendehals. Dann antwortet er lächelnd: „Was wißt denn ihr? Jeder der vierzig Jahre lang in diesem Land gelebt und gearbeitet hat, hat dies auch für dieses Land, für die große Partei und deren sogenannten Sozialismus getan. Der Unterschied ist nur, daß die meisten Bürger dies namenlos tun konnten, während bei anderen halt immer der Name drunterstand.

Niemand macht es einem Schlossermeister zum Vorwurf, daß er im Gebäude der Bezirksleitung die schönsten Türklinken gewissenhaft und überpünktlich angebracht hat. Sein Name steht nicht darunter. Dem Künstler aber kann man ständig Worte und Taten für die damalige Gesellschaft nachweisen; denn er wurde mit seinen Werken immer namentlich genannt, und alles kann wörtlich noch heute nachgelesen werden. Der eine hat das Regime genauso unterstützt und mitgetragen wie der andere. Also haltet besser den Mund. Ein Wendehals ist ja wohl vor allem einer, der seine alte Intoleranz jetzt unter anderer Firma munter weitertreibt. Honi soit qui mal y pense."

Und dann geht er lächelnd davon, der brave Bürger Drente, und er gedenkt mit einiger Wehmut jener Zeiten, da er noch auf Abenteuer unterwegs war, ohne daß er sich deshalb das alles zurückwünschen würde. Beileibe nicht, liebe Mitbürger!

Ende

Inhalt

Die Deutsche Bibliothek - CIP-Einheitsaufnahme

Selber, Martin:
Die Abenteuer des braven Bürgers Drente : Roman / von Martin Selber. – Oschersleben : Ziethen, 1996
ISBN 3-932090-02-0

39387 Oschersleben, Friedrichstraße 15a
Telefon & Telefax (03949) 4396
1996
Satz & Layout: dr. ziethen verlag
Druck und Verarbeitung: Halberstädter Druckhaus GmbH
ISBN 3-932090-02-0
Gedruckt auf umweltfreundlich chlorfrei gebleichtem Papier.